KB119557

저는
괜찮습니다

만,

이윤용 지음

예담

차례

01

처음부터 알았더라면

~~~~~~

~~~~~~

02

이래서 내가 결혼을 못하네

03
외로운 걸까?

04
당신은 어떤 계절을 보내고 있나요?

'남들은 다 괜찮아' 보이던 시절이 있었습니다.
남들은 적당한 시기에 취업을 하고
적당한 배우자를 만나
적당하게 결혼도 잘 하는구나.
이젠 적당히 애도 두엇 낳았다지?
그리고 그 생각의 끝은 항상 이런 질문을 만들었죠.
근데 나는 이게 뭐야?

그러다 이젠 '이것도 괜찮지'의 시절을 보내고 있습니다.
물론 이렇게 되기까지,
지나온 세월 속에는 상처도 있었고 후회도 있었습니다.
남에 대한 원망은 말할 것도 없고요.
스스로에 대한 자책으로 괴롭기도 했습니다.

여태 혼자 살아? 아무하고라도 결혼해야지.
말이 좋아 프리랜서지, 일 없으면 백수 아냐?
그렇게 철이 없어서 어떻게 해?, 맹탕이구나 맹탕.

결코 녹록지 않은 타인의 시선 속에, 저는 이제 답을 준비합니다.
— 저는 괜찮습니다만,

이 대답은, 결코 괜찮지 않은 세상에 대한 오기이기도 하며
스스로에 대한 주문이기도 합니다.
그리고 나아가,
이 책을 읽는 당신께도 작은 주문이 될 수 있기를….

당신도 괜찮습니다만,

thanks to
저의 사랑하는 가족, 언제나 큰 힘이죠. 고맙습니다.
그리고 이 두 번째 책에 등장하는 모든 지인과
도움 주신 많은 분들께도 감사를 전합니다.

01

처음부터
알았더라면

이사하던 날

S# 1

나 : 이삿짐센터죠? 원룸인데요. 뭐, 큰 짐은 없어요.
1톤 트럭이면 충분해요.

S# 2 이사하는 날.

이삿짐 아저씨 : (난처) 소파 있다는 얘긴 안 하신 거 같은데….
나 : 이게 소파베드라 접히거든요. 접으면 요만 해요.

S# 3

이삿짐 아저씨 : 아! 뭔 짐이 자꾸 나와! 짐 없다더니!

S# 4

이삿짐 아저씨 : (신발장에서 나온 수많은 신발들 보며) 지네냐?!

일부러 짐을 줄여서 말한 것은 아니었다.

진짜로 1톤 트럭이면 충분할 줄 알았다.

좀더 정확히는, 1톤 트럭이 굉장히 큰 트럭인 줄 알았다.

우아~, 1톤! 말만 들어도 어마어마하지 않나?

이삿짐 아저씨의 얼굴에는 당황한 기색이 역력했다.

그도 그럴 것이 이 작은 오피스텔에서 짐이 화수분처럼 계속 나왔다.

"저게 왜 저기서, 쩝."

"어, 그건 없어진 줄 알았는데, 쩝."

"이… 이게 여기 있었네, 쩝."

그렇게 꾸역꾸역 나온 짐들로 1톤 트럭은 어느새 가득 채워졌고

박스 몇 개는 자리가 없어서 내 차에 실었다.

거봐, 그래도 어떻게든 다 실었잖아. 1톤이면 된다니까.

바로 그때, 번뜩 떠오른 물건이 있었다.

아, 내 자전거!

이 오피스텔에 살면서 단 한 번도 타지 않은 자전거가

보관소에 세워져 있었다.

"아저씨! 저 자전거 실어야 되는데요."
"더 이상은 못 실어요. 내일 퇴근길에 가지러 와서 타고 가심 되겠네."

그럴 수는 없다. 왜? 나는 자전거를 못 타니까.
그 자전거는 예전의 그가 선물로 사준 것이다.
자전거 못 타는 나에게 자전거를 가르쳐주겠다며
어느 날 초록색 자전거를 끌고 왔다.
그러나 생각보다 자전거 배우기는 쉽지 않았다.

그에게도 꿈이 있었을 것이다.

휴일에 여자친구와 나란히 자전거로 한강 둔치를 달리고

바구니에 싸 온 샌드위치를 먹고

휴가 땐 커플 자전거 일주를 떠나야지, 라고 생각했을지 모른다.

그러나 그의 여자친구였던 나는 생각했던 것보다

운동신경이 더럽게 없었고 열심히 타려 하지도 않았으며

(여름이었잖아. 가만있어도 더웠다고!)

가르치면서 왜 화를 내느냐고 싸웠다.

지금 돌아보면 우리의 싸움은 내 운동신경 탓도 아니고,

여자친구와 빨리 자전거를 타고 싶은 그의 욕심 탓도 아니었다.

그건 그냥, 사랑이 식어가는 모습이었다.

어쩌면 영원히 함께 자전거를 탈 수 없을지도 몰라,

라고 생각할 즈음 우린 헤어졌다.

그후 한 번도 타지 않았던 자전거—

바퀴에 바람이 빠져, 탈 수 있는지 없는지조차 모르는 자전거—.

"어떻게 하실래요?"

이삿짐 아저씨가 재촉하신다.

잠시 망설이다 대답했다.

"그냥 버리고 가요."

그렇게 몇 년간 끌어안고 살던 자전거를, 버렸다.
뭔지 모르게 가슴 한쪽이 시원했다.

조금 살다 보니, 억지로 떨쳐버리려 해도 안 되는 것이 있다.
특히 나처럼 잘 못 버리는 사람은
사랑이 끝난 후에 미련을 버리는 데도 시간이 오래 걸린다.
그러나 어쩌겠는가, 타고나길 이렇게 생겨먹은걸.
그래도 다행인 것은 언젠가는 저절로 버려지는 때가 온다는 것!
끌어안고 가려 해도 놓고 갈 수밖에 없는—
기억해내려 애써도 까맣게 생각이 안 나는—
미련이 아련해지는—
그런 때가 오는 것이다.

그래도 죽기 전에 자전거 한번은
제대로 타보고 죽어야지, 생각은 한다.
죽기 전에 남자랑 한번은 살아봐야지,
막연히 생각하는 것처럼.

이별 후언증

얼마 전, 이별한 친구를 만났다.
그 나이엔 이별도 좀 무뎌지지 않아?, 라고 생각할지 모르지만
이게 또 결혼까지 생각했던 사람과의 이별은
젊은 시절의 이별과는 다르게
뼛속이 시려지는 스산한 아픔이 있는 것이다.

"그 사람이 나한테 참 잘했잖니.
생일에 미역국도 끓여다 주고, 힘들다고 말하면 달려와주고.
진짜 나한테 참 잘해줬는데…"

그녀는 더 이상 말을 잇지 못하고 꼭 다문 입을 삐쭉였다.
아니, 입은 삐쭉여도 말은 똑바로 해야 하잖아. 누가 뭘 잘해줘?

내 친구는 같은 동네에 산다는 이유로
아침마다 운전해서 그를 회사 앞까지 데려다주었다.
기념일마다 바리바리 선물을 안겨주었고, 매주 반찬을 싸다 날랐다.
그런데 고작 생일에 미역국 한 번 끓여준 걸.
게다가 힘들다고 징징거려야지만 어쩔 수 없이 와주던 사람을,
'나한테 참 잘했잖니'라고 말하다니! 그래서 한마디 해줬다.

"너 허언증 있냐?"

그러나 생각해보면 나도 그랬다.
이별을 하고 나서는 지난 일들이 아름답게 각색됐다.
상대가 조금 잘해준 걸 엄청나게 잘해줬다 말하고
눈물로 밤을 새던 수많은 날들을 잊고
행복했던 짧은 순간이 전부였던 것처럼 말했다.
그날, 이별 허언증을 앓고 있는 친구에게 나는 증인이 되어주었다.

"그 사람, 너한테 잘한 거 별로 없어! 내가 볼 땐 니가 훨씬 잘했어.
그러니까 이제 나한테나 잘해."
"너나 나한테 잘해, 이년아."

우리는 깔깔거리며 소주잔을 비웠고 또 오래도록 깔깔거렸다.

언젠가 그 웃음소리를 떠올리며
우리는 말할 것이다. 그날 참 재밌었다고.
얼마나 속상했는지 기억도 못한 채,
허언증에 걸린 사람처럼 말이다.

일단 시작

S# 1

새벽 6시 한켠 주전자에선 물이 끓고.

S# 2

나는 결심한다.

나 : (비장하게) 맑은 정신으로 열심히 해보겠어!

S# 3

무엇을?

S# 4

인터넷 쇼핑을….

S# 5

나 : (광클릭중) 더 싼 데 없어? 더 싼 데??

그런 날이 있다. 왠지 그냥 눈이 일찍 떠지는 날.

그땐 미련 없이 자리에서 일어난다.

그리고 커피 한 잔을 내린다.

일어나자마자 빈속에 먹는 커피, 아, 그 짜릿하고 쓰릿한 맛이란!

위에 안 좋다고 하지만 먹어본 사람은 알 것이다.

커피 한 모금이 식도를 타고 내려가 빈 위장에 닿는 순간,

정신이 쨍— 맑아지는 느낌을.

그 맑은 정신으로 나는 노트북을 켠다. 그리고 원고를 쓰냐고?

아니, 인터넷 쇼핑을 한다.

물론 마음 한구석에선 아침 일찍 일어나 이게 뭐하는 짓인가,

스스로가 한심하지 않은 것은 아니다. (저도 사람이니까요.)

그러나 쇼핑은 정신이 맑을 때 해야 후회가 없다.

특히 나 같은 여자에겐 더욱 그렇다.

나 같은 여자란 어떤 여자인가? 반품을 안 하는 여자다.

혹자는 말한다.

"뭘 고민해. 일단 사. 맘에 안 들면 반품하면 되잖아."

그러나 나는 어떤 경우에도 절대 반품하지 않는다.
첫째 귀찮아서고, 둘째 귀찮아서며, 셋째는 귀찮기 때문이다.
그러니 살 때 사이즈 고려하고, 가격 비교하고 신중하게.
이것이 쇼핑에 시간이 오래 걸리는 이유다.

만약 내가 반품 잘하는 여자였다면 어땠을까?
그랬다면 어쩌면 연애도 쉽게 하지 않았을까?
나중에 헤어지더라도 일단 시작하고 싸우고 화해하고 맞춰가고
그러다 안 되면 이별하면 되는데,
그게 잘 안 된단 말이지.

"이 남자, 나랑 성격이 좀 안 맞는 거 같은데?"
"그 안 맞는 성격이 나중에 문제가 될 거 같은데?"
"결국 30년쯤 후에 후회할 거 같은데?"

그런 복잡·미묘·잡다한 생각으로 연애를 시작도 못하는 것이다.

일단, 샀다가 맘에 안 들면 반품하고
일단, 사귀다가 맘이 틀어지면 이별하면 되는데
그 '일단 시작'이 왜 안 되는 걸까, 나란 여자.

START!

너란 남자도 마찬가지였지.

겁이 많은 건지, 감이 없는 건지, 닿을 듯 말 듯, 시작을 못했어.

그런 너와 나를 위해 누군가 '썸'이란 단어를 만들었지만

'썸'은 결국 '섬'이 되고, 한동안 또 외로움을 떠나니던 나.

그래서 결심했다.

다음 만남은 무조건 '일단 시작'으로 할 테다.

ㅂㅐ ㅌㅓ ㄹㅣ

휴대폰 배터리가 겨우 36퍼센트 남았다.
뭐야, 내가 뭘 얼마나 했다고.
검색 몇 번, 카톡 몇 건, 음악 몇 곡….
별로 한 것도 없는 거 같은데, 배터리가 벌써 이 모양이다.
새로 장만했을 때는 이렇지 않았다.
아침에 100퍼센트 충전해서 나가면
오후가 돼도 족히 50퍼센트는 남았었는데
1년 넘었다고 이제 배터리 수명도 닳는가 보다.

나를 참아준 그의 인내심도 이 휴대폰 배터리 같았을까?
전화를 받지 않는 나를—
집에 가서 전화할게, 해놓고 하지 않은 나를—
죽어도 먼저 연락하는 일이 없었던 나를—

처음엔 그는 잘도 참아줬다.
하지만 2년쯤 지나자 그는 지쳐갔고,
그도 연락하지 않는 날이 생기기 시작했다.
누가 먼저 연락하는 거, 그게 뭐라고—
누가 더 많이 문자하는 거, 그게 뭐라고—

그 대수롭지 않은 문제에 우리는 에너지를 낭비하고 있었다.

그리고 그렇게 서로에게 지쳐 인내심이 바닥났을 때 우린 헤어졌다.

집에 오자마자 휴대폰을 충전기에 꽂았다.
완전히 방전되기 전에 살리기 위해서.
그리고 생각했다.
그의 인내심이 적어도 36퍼센트쯤 남았을 때
미적거리지 말고 우리 관계도 충전했다면 어땠을까.
왜 그때 우리는 서로 방전될 때까지 상대를 내버려뒀을까.
휴대폰이 100퍼센트 충전 완료되었을 때 그의 얼굴이 잠시 떠올랐다.
헤어지던 날, 지친 얼굴로 날 바라보던 그의 얼굴이….

사랑하고 있다면 미리 충전하세요. 서로에게 방전되기 전에.

사모님

며칠 전, 엔진오일을 갈기 위해 자동차정비센터에 갔다.
원래 자동차에 대해 아는 게 없기 때문에 (면허를 딴 게 신기할 정도)
직원이 설명을 해줘도 못 알아듣지만 (그렇다고 설명을 안 해주면 화남)
그날은 더욱더 설명이 귀에 들어오지 않았다.
왜냐하면 직원이 말끝마다 사모님, 사모님 소리를 붙였기 때문이다.

"사모님이 주행을 많이 안 하셔서 엔진에 때가 꼈어요, 사모님."
"사모님, 때가 잘 안 끼는 고급오일을 쓰는 것이 좋겠어요, 사모님."
"사모님, 필터는 원래 6개월마다 교체해야 하는 거예요, 사모님."
"사모님, 이해가 되세요? 사모님? 수납은 이쪽이에요, 사모님!"

저기요, 저는 사모님이 아닙니다. 사장 남편이 없으니 사모님이 아니죠.
더 놀라운 건 뭔지 아세요?
사장이고 나발이고 남편 자체가 없어요! 43년간 없었다고요!
그러니 그놈의 사모님 소리 좀 넣어두세요, 제발.
이런 말들이 목구멍까지 차올랐지만 참았다.
교육받은 매뉴얼대로 고객을 응대하는 그 직원에게
대체 무슨 잘못이 있을까 싶어서다.

그러고 보니 서른 후반부터 호칭이 급격하게 달라졌다.

사모님, 애기엄마, 아주머니 등등.

현재 나의 상태와 관계없이 사람들은 나를 자신의 추측대로 부른다.

에휴, 다 그런 거지 뭐, 라고 적응을 할 법도 한데

그게 쉽지가 않단 말이지.

묘하게 자존심이 상한다고나 할까.

돌아오는 길, 차 안에서 생각했다. 모피를 사야겠어!

모피 입고, 선글라스 끼고, 금목걸이 하고, 사모님답게 다닐 테다.

사모님 소리를 들어도 좀 덜 억울하게 말이다.

모피코트

남자에게 '사장님' 하는 것은 결혼 여부와 관계가 없다.

미혼의 남성도 사장이 될 수 있으니.

그러나 사모님은 결혼한 여자에게만 해당된다.

결혼 여부도, 나이의 많고 적음도 관계없는

그런 무난한 호칭은 없는 걸까?

방금 전화가 왔는데, 상대가 다짜고짜 이렇게 부른다.

"선생님? 실비보험 있으신가요?"

그래. '선생님' 그것도 나쁘지 않네.

타 로

언제인지 정확히 기억은 안 나지만 (하도 많이 봐서)
이별하고 얼마 지나지 않아서였던 것으로 기억한다.
무언가에 이끌려, 라고 말하면 너무 신비롭겠지만
어쨌거나 반자동적으로 나는 타로점집을 찾았다.
그리고 나도 모르게 묻지 않은 말들을 줄줄줄 쏟아냈다.

"그러니까 헤어진 지는 3개월 정도 됐는데요,
그 사람에게 누군가가 생겼을까요?"

나는 왜 그딴 것을 물어봤을까.
지금 생각하면 전혀 이해가 되지 않지만,
난 어리석게도 그런 질문들을 내뱉고 있었던 것이다.
그리고 마침내 나는 또 물었다.

"우린 어떻게 될까요?"

타로마스터는 나에게 세 장의 카드를 뽑으라고 했다.
그리고 말했다.

"음, 본인이 원하는 대로 된다고 나오는데요?"
집으로 돌아오는 길, 나는 그 한마디를 되뇌었다.
"원하는 대로."
과연 내가 진짜 원하는 것은 무엇인가.
나는 정말 그와 다시 이어지기를 바라는 걸까?
연애하는 동안 행복했던 시간보다 불안했던 시간이
더 많았던 그 사람을?
결혼할 생각도 없으면서 그 사람을 잡아두는 것이 옳은 것일까?
이 감정은 사랑이 맞을까? 그 사람과 계속 함께하면 난 행복할까?

이런 생각의 끝을 따라가 보니, 내가 원하는 것은
그와 다시 만나는 게 아니었다.
나는 그저 이 이별이 힘든 것뿐….
그래, 내가 힘들다고 그 사람을 이용하면 안 되지.

그날 이후, 나는 그냥 아프면 아픈 대로 내 마음을 두기로 했다.
연락이 오기를 기다렸고, 또 실제로 연락이 오기도 했지만
나는 답을 하지 않았다.
어차피 내가 원하는 것은 그와 다시 이어지는 게 아니므로.

나는 요즘도 가끔 마음이 힘들 때,
그날 타로마스터의 말을 떠올린다.
"원하는 대로 된다고 나오는데요?"
나는 무엇을 원하고 있는가.
그 끝을 따라가 보면 늘 해답이 있다.

졸지 마 vs 쫄지 마

고속도로를 타고 가다 '쫄지 마세요'라는 경고문을 봤다.
응? 난폭 운전하는 차량에 쫄지 말란 얘긴가?, 라고 생각하는 순간,
'쫄지 마세요'를 잘못 읽었다는 걸 알았다.
(졸아서 잘못 읽은 건 아닙니다.)

나이 마흔넷을 지나오는 동안 조금 과장해 말하자면
천 번 넘는 소개팅을 했다.
그 천 번의 소개팅에서의 나를 크게 두 가지로 나눈다면
이렇게 설명할 수 있겠다.
"졸거나 / 쫄거나"
사람 참 좋아 보이고 요즘 남자답지 않게 순박한 면도 있고, 다 좋은데,
그런데…
졸리다.
2시간 동안 혼자 떠들고 있는 그를 보자니,
집중력이 떨어지고 졸음이 쏟아진다.
어느 순간부터 '집에 가고 싶다' 그 한 가지 생각만 떠오른다.
그리고 더 이상 무거운 눈꺼풀을 견딜 수 없을 것 같을 때, 나는 말한다.

"어머, 시간이 벌써 이렇게 됐네?
제가 오늘 밤 넘겨야 하는 원고가 있어서요. 그만 일어날까요?"

그렇게 헤어져 돌아오는 길, 나는 생각한다.
아, 졸리지 않게 얘기만 잘 통해도 좋았을 텐데, 라고.

쫄리는 경우는 남자의 스펙이 너무 좋았을 때다.
키도 크고 인물도 훤칠하고 직업도 좋은 남자가 왜 나를?
그렇게 생각하는 순간 나는 쪼는 것이다.
저런 남자가 애프터를 신청할 리가 없잖아.
설사 연애가 된다 해도 바람날까 불안할걸?
아, 내가 아주 예쁘거나 똑똑한 여자였다면 좋았을 텐데.
이런 생각을 하며 그에게 빠지지 않도록 마음을 다잡는다.
그리고 어머, 시간이 벌써 이렇게 됐네?
제가 오늘 밤 넘겨야 하는 원고가 있어서요. 그만 일어날까요?, 라며
'졸거나'와 같은 수순을 밟는 것이다.

돌이켜 생각해보니
'졸거나'에서 상대에게 귀 기울이지 않은 것도
'쫄거나'에서 지레 자격지심을 가진 것도
결국은 모두 내 자신의 문제였다는 걸 알았다.

그래서 고속도로를 달리며 생각했다.
졸지도 쫄지도 않겠습니다, 다음 만남에서는—.

쫄지도 졸지도 않을 자신이 생겼는데, 소개팅이 줄고 있다.
줄지 마, 소개팅!

처음부터 알았다면

S# 1

선배母 : 아니, 남자 쪽에 빚이 있으면 있다고 말을 해줘야지~.
그걸 왜 이제 알게 해?!
그것도 모르고 우리 딸은 두 달이나 만났잖아!

S# 2

중매 : ….

S#3

선배母 : 아니, 무슨 말이라도 좀 해봐요? 왜 처음부터 말 안 했어요?

S#4

중매 : 처음부터 빚 있는 거 알았으면 만나보기나 했겠어요?

S#5

선배, 선배母 : 그건 그렇지.

지금 40대 후반인 선배 언니가 서른 중반이었을 때, 선을 봤다.
성격 좋고 키도 훤칠하고,
명문대 출신에 대기업에 다니는 완벽한 남자였다.
그 남자 집에 빚이 많다는 걸 안 것은, 두 달쯤 교제한 다음이었다.

처음부터 빚이 있는 걸 알았다면 선배는 그 남자를 만났을까?
아마도 아니겠지.
그러나 알고 만났든 모르고 만났든, 어차피 결과는 같다.
그 둘은 헤어졌으니까.
다만 차이가 있다면, 헤어지자고 말한 것은 선배가 아니라 그 남자였다.

"당신을 잡고 싶은 욕심도 있습니다만, 아무리 생각해도 그건 아닌 거
같아요. 더 좋은 남자 만나셨으면 좋겠습니다."

그는 그렇게 선배를 떠났다.
그날 생각했다. 정말로 세상의 인연은 따로 있는 게 아닐까 하고.
그래서 인연이 아닌 사람은 어떤 식으로든 헤어지게 되는 게 아닐까.

얼마 전, 그 남자가 두 아이의 아빠로 잘 살고 있단 얘길 들었다.

빚을 다 갚고 결혼한 건지, 아내와 함께 빚을 갚은 건지, 그건 모르겠다.

다만, 의심해본다.

어쩌면 '빚'은 선배와 헤어지기 위한 핑계였을지도….

컵과 뚜껑 사이

커피를 마시는데, 옷 위로 뚝뚝 뭔가 떨어진다.
어머! 나 코피 나나 봐!, 라는 개방정도 잠시,

"커피 흘렸어요, 언니."

어머! 나 이제 턱도 새는 거야?, 라는 오두방정도 잠시,

"언니, 커피 뚜껑이 꽉 안 닫혔네."

후배 말이 맞았다. 애초에 테이크아웃할 때부터 커피 뚜껑이 제대로 닫혀 있지 않은 상태였던 것이다.
장사를 이런 식으로 하시면 안 되죠, 이런 작은 실수가 손님에게 큰 피해를 주는 거라고요. 이 옷, 어떻게 하실 거예요? 세탁비 변상하실 거예요?, 라고 따지지는 못했다.
왜냐면 나는 게으른 인간이므로. 이미 카페에서 멀어진 후였으므로.

회사 화장실에서 옷을 지르잡아 빨며,
커피 뚜껑과 컵의 관계에 대해 생각해본다.
딱 맞지 않는 그들은 가만히 세워져 있을 때는 문제가 없다.
그러나 비스듬히 기울여지는 순간, 내용물이 새고 마는 것이다.

남녀의 관계도 결국 이런 게 아닐까.
아무 일 없는 인생에서는 문제가 없다.
사랑이 쏟아질 일이 없는 것이다.
그러나 사람의 삶이 어찌 순탄하기만 하던가.
기울여질 때도 있고, 엎어질 때도 있을 것인데….
그럴 때 아귀가 잘 맞는 남녀의 사랑은 쏟아지지 않는다.
그러나 잘 맞지 않는 남녀의 사랑은 쏟아져 옷을 더럽힐 것이고,
지워지지 않고 있는 내 옷의 커피처럼 아픔의 얼룩을 남기겠지.

그래서 나는 결혼을 사랑만으로 할 수 없다는 말에 동감한다.
사랑을 지킬 수 있으려면 남녀는 아귀가 잘 맞아야 한다.
그 아귀는 성격일 수도 있고, 인생의 지향점일 수도 있으며,
유머코드일 수도 있다.
하여튼 들어맞는 부분이 있어야 결혼을 지킬 수 있을 것 같다는 생각.
아, 커피 좀 흘리고 생각이 너무 많아졌다.

며칠 후, 그 카페에 가서 참았던 말을 하고 말았다.
지난번에 뚜껑이 잘 안 닫혀 옷을 버리고 말았다고.
사장님이 죄송하다며 쿠폰에 도장 하나를 더 찍어주셨다.
뭐 꼭 그런 걸 바라고 드린 말씀은 아닙니다만, 호호. 감사합니다.
이렇게 단순한 나와 아귀가 맞을 남자는 누구일까?

무통분만

나는 아이를 낳아본 적이 없지만 '무통분만'이 있다는 건 안다.
처음에는 정말로 그 주사만 맞으면
전혀 통증 없이 출산하는 줄 알았는데 그렇진 않은가 보다.
그 주사를 맞아봤단 친구 얘기로는 통증이 줄어들 뿐이지
전혀 아프지 않은 것은 아니란다.
게다가 자기는 나중에 부작용 비슷하게 구역질 같은 게 나서
고생을 했다는 얘기도 했다.
그러고 보니 '무통'이란 말과 '분만'이란 단어는
정말 어울리지 않는 조합 같다.
한 생명이 탄생하는데 어떻게 통증이 없을 수 있을까?
'사랑'을 낳을 때도 그렇다. 고통 없는 사랑은 없다.
이별 당시에는 통증이 없었던 사람도,
문득 평범한 일상 속에서 울컥, 외로움을 토해내곤 하는 것이다.
그러고는 너무 아파서
다시는 사랑 따위 하지 않겠다고 결심하기도 한다.
그러나 고통 속에 첫애를 낳고, 또 둘째를 기다리는 여느 여자들처럼,
나는 또 사랑을 기다린다.
이번엔 진짜로 통증 없는 사랑을 할 수도 있지 않겠느냐며.

배추, 그 속을 알 수 없다

이것은 친구의 이야기.

친구는 집에 먹을 게 없어도 너무 없어서 퇴근 후 마트에 들렀단다.
양배추를 살까 말까, 망설이는데 누군가 반갑게 아는 척을 한다.

"어머, 언니!"

눈인사만 하고 지냈던 예전 직장 동생이다.
옆에는 건장하고 신사적으로 보이는 한 남자가 서 있고,
카트에는 유기농 식재료가 가득했단다.

"언니, 아직 결혼 안 했어요?"

누가 우리에게 아직 결혼 안 했느냐고 물으면 우리는 늘 이렇게 대답한다.

"난 괜찮아."
"누가 뭐래요? 호호."

네가 표정으로 뭐라 하고 있잖니.

혼자 장 보기 외롭죠?, 라고 온몸으로 묻고 있잖아.

휴지는 왜 1 + 1으로 샀어요, 어떻게 들고 가려고, 라고

눈빛으로 말하는 거 내가 모를 줄 알고?

그런 생각을 하는 그 잠깐의 순간을 못 참고

그녀의 남편이 빨리 가자고 재촉하더란다.

"언니, 번호 안 바뀌었죠? 전화할게요."

그리고 그녀는 정말 전화를 했다.

2주쯤 지난 어느 날 밤, 11시가 넘은 시간이었다.

그녀는 울고 있었고, 걱정이 되어 친구가 무슨 일이냐고 묻자,

그녀가 이러더란다.

"사실요, 언니. 그 사람이 자꾸 때려요. 2년 됐어요.

아이가 생기면 안 그럴 줄 알았어요. 근데 사람은 변하질 않나 봐요.

시댁 식구들은 알면서도 그이 편이에요.

친구들은 다들 행복하게 살아서 이런 얘길 할 데가 없어요.
집에 가기 싫어요. 언니네 집은 어디에요?
그때 동네 마트에서 만났으니까 우리 동네 사는 거 맞죠?"

이럴 땐 뭐라고 위로해주어야 할까.
결혼을 해본 적 없는 우리가 감히 이혼하라고 말해도 되는 걸까?
결국 친구는 어딘가에 도움을 줄 만한 여성 센터 같은 곳이 있을 거라고,
한 가지 분명한 건 이대로 참고 지내서는 안 된다고,
그 말만 남긴 채 무기력하게 전화를 끊고 말았단다.

유기농 채소처럼 밝고 건강해 보인 부부였단다.
그 속이 썩어가는 줄은 몰랐단다.
하긴, 이 세상에 부부만큼 그 속을 알 수 없는 관계가 또 있을까?
그날 이후, 우리는 행복해 보이는 부부들을 부러워하지 않기로 했다.
겹겹이 잎으로 싸인 배추 속에서 어떤 일이 벌어지고 있는지,
남들은 알 수 없으므로.

몇 달 후, 그 후배가 이혼을 준비하고 있다는 얘길 들었다.
그런데 놀라운 것은 이혼을 요구한 쪽이 남편이었다는 것.
남편은 1년 전부터 재산을 다른 사람의 명의로 돌려놓는 등
은밀히 준비하고 있었다나 뭐라나.
정말 속을 알 수 없는 배추 같은 남편이다.

남성호르몬

친구가 동영상 하나를 보내왔다.
'자동차 브레이크 등 자가 체크 방법'이었는데,
자기 차의 브레이크 등이 나갔는지 어떤지 자신은 볼 수가 없으니
휴대폰을 차 뒤 바닥에 놓고 동영상을 찍은 것이다.

동영상 속의 내 친구는 씩씩하게 차를 척 타더니
강하게 브레이크를 한번 밟고,
씩씩하게 차에서 척 내려서 휴대폰을 집어갔다.
그러면서 친구는 톡으로 말했다.

"나 이제 별거 다하지? 여자가 나이 들면 남성호르몬이 많아진다더니."

그때 나는 무얼 하고 있었나.

책상을 번쩍 들어 자리 배치를 바꾸고 있었다.

질질 끌면 아랫집이 시끄러울 테니….

식탁도 번쩍 들고

TV 정도는 뭐 한쪽 옆구리에 끼고 옮길 정도가 되었다.

친구와 톡을 멈추고 생각해보았다.

우리는 정말 남성호르몬이 많아지고 있는 걸까?

아니면 자립심이 커지고 있는 걸까?

결혼했다면 남편이 해줬을 법한 일들을 척척 해내는 내 모습을 보며
한편으론 대견하고, 또 한편으론 씁쓸한 이 기분을
어떻게 설명할 수 있을까.

이 글을 쓴 후, 나는 또 책장을 번쩍 들어 옮겼다.
그리고 표지 색깔별로 책을 꽂아보았다.
마치 여성호르몬이 많이 나오는 섬세한 여인처럼.

디어 마이 프렌즈

노희경 작가의 드라마 〈디어 마이 프렌즈〉를 보고
효도를 결심한 지 3분 만에 전화를 걸어온 엄마에게 짜증을 냈다.

"밥은 먹었어?"
"(친절하게) 응."
"뭐 먹었어?"
"(친절하게) 밥."
"니가 했어?"
"(친절하게) 예전에 해놓고 냉동실에 얼려둔 거."
"반찬은?"
"(슬슬 짜증나지만 친절하게) 그냥 있는 거."
"뭐가 있는데?"
"(슬슬 짜증나는 목소리로) 그냥 언니가 전에 갖다 준 거."
"언니가 전에 뭘 갖다 줬는데?"
"(짜증 제대로) 아, 진짜!! 내가 무슨 반찬 먹었는지가 엄마 인생에서 그렇게 중요해?!!!"

결국 그렇게 또 화를 내고 만 것이다.

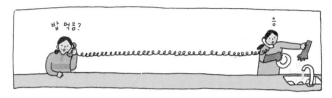

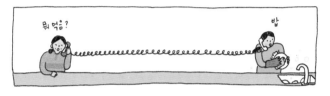

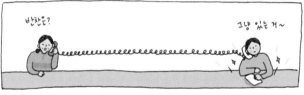

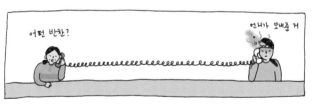

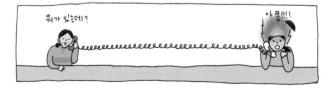

그러다 문득, 마치 드라마처럼 한 장면이 떠올랐다.
어디서 뭘 먹었는지 미주알고주알 그에게 보고했던 과거의 내 모습이.
심지어 그는 내가 먹은 메뉴를 궁금해하지도 않았는데 말이다.
원하는 사람에겐 말해주지 않고 원치 않는 사람에겐 떠들어댔던 나는,
얼마나 미련한가.
나는 엄마에게 다시 전화를 걸었다.

"엄마, 반찬이 뭐였냐면~."
"어, 그래. 근데 드라마 한다. 나중에 통화하자. 뚝—."

어쩌면 엄마는 처음부터 내가 뭘 먹었는지
궁금하지 않았을지도 모른다.
다만, 심심했고 딸과 얘기가 하고 싶었을 뿐.
예전에 내가 그에게 나의 메뉴를 읊조린 것이
정보 제공이 아니라 일상을 나누고 싶었기 때문인 것처럼.
그도 알고 있을까?
일상을 나누고자 했던 나의 노력이, 너의 무시가
우리를 이별로 이끌었단 사실을.

그러나 이런 깨달음 뒤에도

나는 여전히 엄마의 노력을 무시하고 있다.

안다, 훗날 아주 많이 후회하게 되리라는 것을.

옷 먹는 귀신

아무래도 나의 옷장에는 옷 먹는 귀신이 사는 것 같다.
계절이 바뀔 때마다 입을 옷이 없는 건 물론이고
며칠 전에는 아끼는 흰 남방이 사라졌다.

샤워를 하면서, 오늘은 흰 남방에 반바지를 입고 나가야겠어,
라고 생각했는데, 흰 남방이 사라진 것이다.
혹시 빨래통에 넣었나, 하고 봤지만, 없다.
혹시 건조대에 널었나, 하고 봤지만, 없다.
혹시 페브리즈를 뿌려 베란다에 걸어뒀나, 하고 봤지만, 없다.
혹시 내가 잠시 미쳐서 속옷서랍에 넣었나,
거기까지도 찾아봤지만, 없다.

아무래도 나의 옷장에는
옷먹는 귀신이 사는 것 같다...

그때부터 나의 머릿속은 멘붕이 되었다.
오, 그래. 옷장엔 옷 먹는 귀신이 사는 거였어, 라고 생각할 만큼
유아적인 사람은 아니기에,
나는 흰 남방을 마지막으로 입었던 기억을 찾으려 애썼다.

'아, 그때 후배들이랑 호텔에 1박 2일 놀러갔을 때!'
그게 마지막이었다. 그리고 결론을 내렸다.
"그때 호텔방에 두고 왔구나. 그 남방이 하얀색이라
호텔 침구 위에 널브러져 있는 걸 미처 보지 못한 거야."

그렇게 나의 덤벙거림을 반성하며, 흰 남방을 '또' 샀다.
호텔 청소 아주머니에 의해 쓰레기통에 버려졌을
나의 남방을 추모하며.

이 일이 있은 후, 주말에 춘천 집에 갔다가 발견했다.
호텔에서 잃어버린 줄 알았던
내 흰 남방을!
아, 차라리 옷장에 옷 먹는 귀신이 사는 게 덜 슬플 것 같다.

분수대 아이

상암동 MBC 건물 앞에 작은 바닥 분수가 있.었.더.라.
어느 날 밥을 먹고 오는데 그 바닥에서 물줄기가 쏴~.
우아, 저게 분수였어? 그날에야 알아차린 것이다.

그런데 재밌는 것은 그 바닥 분수에서 놀고 있던 한 꼬마였다.
옷이 흠뻑 젖도록 논 아이는 갑자기 내 앞을 쏜살같이 스쳐 지나가더니
햇볕이 뜨거운 바닥에 벌러덩 드러누웠다.
그러고는 친구를 향해 하는 말,

"야, 여기 바닥 되게 따뜻해. 너도 추우면 여기 누워."

그러고는 팔다리를 휘휘 저으며 바닥에서 날갯짓을 하고 있다.
옷을 버리든지 말든지, 누가 보든지 말든지
세상을 다 가진 아이처럼 꼬마는 여름을 즐기고 있었다.

그렇다면 나는 어떤가.
가능한 한 햇볕을 피하기 위해
조금이라도 그늘진 건물 처마 밑으로 다니고
광장을 가로지를 때는 고개를 숙이고 두 팔로 얼굴을 감쌌다.
집에 있을 땐 조금의 빛도 허용하지 않으려고
다이소 갈대발을 창문마다 걸어두었고,
흰색 블라인드를 제쳐본 지가 언제인지도 모르겠다.

무엇이 무서워서 그렇게 꽁꽁 가리고 살았나.
햇볕, 그게 뭐라고.
얼굴 좀 타면 어때서 나는 왜 여름을 즐기지 못했을까.

그날 나는 광장 바닥에 벌러덩 누운 꼬마를 보며 나 자신을 돌아봤다.
그리고 생각했다.
계절을 즐기지 못하는 자는 연애도 마음껏 즐기지 못한다고.
태양이 두렵지 않은 자는 사랑에도 용감했고,
추위를 즐길 줄 아는 자는 이별에도 씩씩했다.

과감하게 계절을 즐기지 못했던 나,
사랑에도 역시 그랬구나.
블라인드를 제친다. 햇살이 뜨겁다. 조금만 이러고 있자.
사랑에 용감해지도록.

바닥에 벌러덩 누웠던 꼬마가 벌떡 일어나 다시 분수로 달려간다.

첨벙첨벙. 꼬마의 발동작이 씩씩하다.

녀석, 커서 연애도 잘하겠네.

에 코 브 릿 지

옛날 어느 숲속, 서로를 사랑하는 암사슴과 수사슴이 살았습니다.
암사슴은 털이 아주 아름다웠고, 수사슴은 뿔이 매우 늠름했죠.
둘은 서로를 사랑했지만, 사랑만으로 겨울을 버틸 순 없었어요.
수사슴이 말했습니다.
"산 저쪽은 양지발라 풀이 많다는구려. 내가 다녀오겠소."
암사슴은 그를 보내고 싶지 않았지만, 배 속의 새끼를 위해서는
어쩔 수 없었어요.
"꼭 돌아오셔야 해요."
수사슴은 그렇게 먼 길을 떠나고, 그사이 암사슴은 추위를 이기기 위해
몸을 웅크리고 동굴에 숨어 있었어요.
그러나 하루, 이틀, 사흘이 지나도 수사슴은 돌아오지 않았고,
암사슴은 제 털을 뽑아 먹으며 끼니를 연명합니다.
먹고 토하고 먹고 토하고를 반복했지만,
배 속의 새끼를 지키기 위해서 뭐라도 씹어 넘겨야 했지요.
수사슴의 사정도 좋은 건 아니었어요.
소문만 듣고 무작정 길을 떠나왔지만,
풀이 많은 양지바른 곳을 찾을 수는 없었어요.
결국 수사슴은 산속 마녀를 찾아갑니다. 그리고 부탁하죠.

"풀이 많은 곳을 알려주세요. 꼭 풀을 뜯어가야 합니다.
그녀가 기다려요. 도와주세요."
심술궂은 마녀는 수사슴에게 길을 알려주는 대가로
그의 뿔을 반으로 꺾어버려요.
"너에게 이 멋진 뿔이 없어도 그녀가 너를 사랑하는지
어디 두고 보자꾸나."
뿔이 꺾인 수사슴은, 그래도 기쁜 마음으로 풀을 가득 물고
암사슴이 있는 곳으로 발길을 돌립니다.
그런데 이게 어찌 된 일일까요?
산 중간에 도로가 생기면서 산이 두 동강이 난 것이었어요.
수사슴과 암사슴은 도로를 사이에 두고, 간절히 서로를 부릅니다.
뿔이 꺾인 수사슴과 듬성듬성 털이 뽑힌 암사슴의 절규.

"당신은 왜 뿔이 꺾였나요?"

"당신은 왜 털이 뽑혔나요?"

"그래도 상관없어요. 나는 당신을 사랑합니다."

두 사슴의 절규를 들은 마녀는 그들의 사랑에 감동하게 되죠.

그래서 인간에게 다리를 놔줄 것을 제안합니다.

그리고 며칠 후, 두 동강이 난 산과 산 사이에 기다란 통로가 생깁니다.

암사슴과 수사슴은 그 통로를 건너 마침내 다시 만나게 되고요.

그후 사람들은 그 통로를 '에코브릿지'라 불렀습니다.

지금 사슴의 뿔이 해마다 다시 자라는 것은,
또 사슴의 털에 드문드문 반점무늬가 있는 것은 다 그때 생긴 거라는
믿거나 말거나 하는 이야기.

춘천 가는 길에 늘 보게 되는 '에코브릿지'.
생각해보았다. 저 통로를 건너는 동물들에게
어쩌면 이런 순애보가 숨어 있지 않을까 하고.
그래서 사과했다.
미안합니다, 마음대로 당신들 사랑을 갈라놓아서.

전원일기

나는 KTV 국민방송을 종종 본다.
여기서 해주는 〈전원일기〉 보는 재미가 쏠쏠하단 말이지.

최근에 안 충격적인 사실은
김 회장댁 막내 금동이가 친아들이 아니었다는 것이다.
그걸 이제 알았느냐고 하실 분들도 계실 수 있겠으나
'내 아들아' 편에서 "전 이 집 친자식이 아니니까요"라며
반항하는 사춘기 금동이를 보고 '엇? 진짜?' 하며
나도 모르게 먹던 포도를 씨도 안 뱉고 꿀꺽 넘겼던 것이다.

옛 드라마 다시 보기는 그렇게 내가 종종 모르고 지나쳤던,
혹은 잊었던 일들에 대한 깨달음을 준다.
지금은 톱스타가 된 배우가 '오메, 저기 엑스트라로 나왔었네?'
하는 일은 다반사고,
'아, 처음에 저런 대화가 이미 복선으로 깔려 있었구나' 하고
무릎을 치기도 하는 것이다.

내 인생을 드라마처럼 다시 볼 수 있다면 어떨까?
그래, 우리의 저런 대화가 헤어지는 복선이었군, 하든가

엑스트라처럼 지나가는 저 남자를 그때 잡았어야 하는 건데, 라며
두고두고 후회할 수도 있겠다.
그리고 어쩌면 내가 어릴 때 꾸었던,
까맣게 잊어버린 꿈을 발견하게 될지도.

일요 아침드라마 〈한지붕 세가족〉에
김혜수 씨가 2층 새댁으로 나왔었다는 사실, 알고 계신가요?
대배우인 그분이….

일기장

서랍을 정리하다 10년도 더 된 일기장을 발견했다.
종이가 누렇게 바랜, 아주 오래된 일기장이다.
그 일기장에는
그날의 아름다운 추억과 행복한 기억이 가득 적혀 있었다,
는 개뿔이다.
일기장의 내용들은 대체로 이러했다.

"○○ 새끼. 내가 이 인간이랑 다시 일을 하면 사람도 아니다."
"니가 그렇게 잘났냐. 내가 널 다시 만나면 사람도 아니다."
"죽으려고 환장했나. 나쁜 ××. 너랑 상종하면 사람도 아니다."

그랬다.
그것은 일기장이라기보다 데스노트에 가까웠고
그 일기장대로라면 난 지금 사람이 아니어야 한다.
나는 그들 모두와 지금까지 잘 지내고 있으므로.

무엇이 나를 이렇게 분노하게 만들었는지,
사건의 내막을 자세히 읽어보니 한마디로 정리가 된다.
그때는 내가 어.렸.다.
지금이라면 전혀 문제가 되지 않았을 사건들,
지금 들었다면 웃고 넘겼을 말들.

지금 겪었다면 자연스럽게 사과를 받아냈을 일들에
30대의 나는 불같이 화를 내고 있었다.

그러다 문득, 궁금해졌다.
20대에 만났던 남자를, 40대인 지금 만난다면 우린 헤어지지 않을까.
20대에 했던 싸움들을, 지금 겪게 된다면 난 웃으며 넘길 수 있을까.
왠지, 그럴 수 있을 거 같다. 아니, 싸움조차 만들지 않겠지.

그래서 나는 20대의 나보다 40대의 내가 더 좋다.
그리고 40대의 나보다 50대의 내가 더 좋아지기를 기도한다.

내가 여덟 살 때 언니가 내 장갑을 끼고 나갔다가,

장식으로 달린 구슬 하나를 잃어버린 적이 있다.

병아리 눈 장식이었는데

나는 그날 언니에게 당장 나가서 내 구슬을 찾아오라며,

영하의 날씨 속으로 언니를 내몰았다.

언니는 치사하다며 찾으러 나갔지만,

끝내 구슬은 나에게 돌아오지 못했다.

그날 언니는 감기에 걸렸고,

아픈 언니를 보면서도 나는 구슬 생각만 했다.

지금도 언니는 그날의 일을 떠올리며 말한다.

"너 그때에 비하면 나이 들어 성격 많이 좋아졌다."

네, 저도 그렇게 생각합니다.

내년엔 더 좋아지겠죠, 한 살 더 먹을 테니.

녹차 아이스크림

이마트 녹차 아이스크림이 그렇~게 맛있다고 해서,
그거 하나 사러 갔다가 11만 3,000원어치 장을 봤다.
혼자 살면서 뭘 그렇게 샀느냐고 물으신다면,
집에 있는 주전자를 샀고
집에 있는 청소포 12매와 집에 있는 클렌징크림과
집에 있는 냉동만두 1+1 등을
집에 있었으나 집에 있는 줄 모르고 샀다.
(네, 제가 미친년입니다.)

그러나 내가 뭐 명품 가방을 산 것도 아니고
(우리 언니는 차라리 명품 가방이 낫겠다고 말합니다만)
언젠가는 다 쓸 것들이니까, 라고 위안하며
나는 오늘의 화근인 녹차 아이스크림 뚜껑을 열었다.

"우아! 정말 진한 슈렉색이다!"

보면 아시겠지만, 일단 비주얼에서 감탄이 절로 나온다!
나는 냉큼 밥숟가락으로 깊게 한 수저 떠서 입에 넣어보았다.
음~ 진한 녹차의 맛이 느껴진다.
이거 녹차 99퍼센트 함유인가? 하고 겉봉을 보니 녹차 분말 2퍼센트.
에이, 설마.
내가 노안이라 그래, 하면서 눈 비비고 다시 봤는데도 2퍼센트.
그랬다. 녹차는 2퍼센트만 든 것이다.

내가 녹차 분말 2퍼센트 든 아이스크림 사자고 이마트까지 갔던가!
(평소에는 홈플러스에 갑니다.)
이거 정말 너무 하지 않은가, 라고 생각하며 인터넷을 검색해보니,
이미 많은 주부님들께서 맛은 있지만 성분은 잘 모르겠다는
글들을 올리셨네.

그래도 어쩌겠는가, 맛은 있으니 그걸로 만족하자.
그리고 다시 한 번 결심한다.
비주얼에 속지 말자. 아이스크림도, 그리고 남자도.

녹차 아이스크림 주의사항.

먹고 나서 바로 밖에 나가시면 안 됩니다.

헛바닥이 완전 초록이 되어 사마귀로 오해받을 수 있거든요.

미래

내 주위의 많은 방송작가들은 1년 넘는 기간의 적금을 붓지 않는다,
아니 못 붓는다.
왜냐면 개편이 6개월 단위로 있어서 언제 일이 끊길지 모르기 때문에.
나 역시 1년 이상의 적금은 들지 않는다.
은행직원이 3년 이상은 부으셔야 이자가 많이 붙습니다, 라고 해도
대부분 6개월 아니면 1년을 기한으로 삼는다.

그런데 어느 날, 나는 발견한 것이다.
유통기한이 2020년 5월까지인 스팸을—.
2020년이라는 숫자를 보고 피식 웃음이 났다.
당장 6개월 후도 어찌 될지 모르는 내 인생에, 2020년 스팸이라니!
그러다 문득 2020년에 나는 뭘 하고 있을까, 생각해봤다.
그런데 아무리 생각해봐도 그려지는 그림이 없다.
2020년까지 뭔가 돼 있었으면 좋겠다, 라는 꿈도 없다.
뭐, 그냥 예쁜 집에서 살고 있는 내 모습 정도?

유통기한 속
인생설계는 버리고
오늘만 살기로 했다.

그러다가 이렇게까지 미래를 설계하지 않아도 괜찮은 것인가,에 대해
생각하게 되었다.
(기혼자는 아이 때문에라도 이런저런 적금을 붓고, 몇 년 후 이사를 계획하지 않는가!)
그래서 마음을 가다듬고, 정자세로 앉아 전화했다. 어디에?
사주팔자 보는 곳에!
생년월일 태어난 시를 대고 떨리는 마음으로 물었다.

"앞으로 저는 어떻게 될까요? 특히 2020년쯤."
"잘돼요."
"어떻게 잘되는데요?"
"이름을 알려요."
"어떻게 알리는데요?"
"음…."

그분은 말씀이 없으셨다.

어떻게, 무슨 일로 이름을 알리게 되는지는 모른단다.

그러나 확실한 것은 노년까지 굶어 죽지는 않을 거라고,

그러니 걱정 말란다.

그때부터 나도 모르게 신세한탄을 시작했다.

저기요, 제가요, 계획 없이 살아서요,

이대로 그냥 살아도 되는지 모르겠고, 어쩌구 저쩌구.

수화기 건너편에서 딱 한마디가 들려온다.

"계획이요? 인생이 어디 계획대로 되던가요?"

그래, 그랬지. 딱히 계획을 세운 적도 없지만 계획대로 된 적도 없었지.

그래서 나는 영화 속에 나오는 어느 조폭처럼 오늘만 살기로 했다.

오늘이 행복했으면 됐다고, 몇 년 후까지는 생각하지 말자고,

당장 내일 어떻게 될지도 모르는 알 수 없는 인생이므로.

2020년, 당신의 계획은 무엇인가요?

02

이래서 내가
결혼을 못하네

봄날의 춘천

S#1

춘천 가는 길.

언니 : 음~, 정말 멋지다~.

S#2

나 : 이 냄새 뭐야?

언니 : 누구야? 너 방귀 뀌었냐?

나 : 나 아냐!!

S#3

소 : 음매~~

나 : 아, 소똥이구나.

이젠 정말 봄이구나~!

춘천 집에 가는 길, 파릇파릇 나무에 돋은 새싹을 보며 감탄한다.

그리고 '정말 아름다워~' 하며 창문을 열면 그 길로 망하는 거다.

왜? 봄날의 춘천은 거름 냄새가 진동하니까.

똥냄새도 아닌 것이, 그렇다고 풀냄새도 아닌 것이,

그냥 꼬리꼬리하다고밖에는 표현이 안 되는 냄새가

온 동네에 진동한다.

마치 동네 전체가 변소에 빠진 기분이랄까.

그래도 다행인 것은,

우리의 코는 적응이 빨라 금세 익숙해진다는 것이다.

익숙해지면 거름 냄새가 거슬리지 않게 되고,

혹시 이 냄새를 많이 맡으면 건강해지지 않을까, 하는 생각에

괜히 숨을 크게 들이마셔 보는 미친 짓도 하게 되는 것이다.

완전한 결혼이란

이런 거름의 계절을 지나야 하는 것이 아닐까?, 생각해본다.

처음에는 단점으로 보였던 것들이 차츰 익숙해지고,

그래서 상대가 뭘 해도 결국 이해하게 되거나

내 몸에도 그 냄새가 배어 인식하지 못하게 되는 것.

그게 바로 완전한 결혼이 아닐까?

그러나 이 결론의 함정은, 마흔넷 '미혼' 여성의 생각이라는 것!

그러나 거름인지, 된장인지 꼭 찍어 먹어봐야 아는 건 아니잖아욧?!

'거름의 계절'을 지나고 있는 커플을 응원합니다.

그 계절이 지나면, 둘 중 하나가 되겠죠.

서로에게 익숙해져 평생 함께하거나

혹은 헤어지거나. (악담은 아닙니다.)

굽에도 급이 있다

구둣방에 굽을 갈러 갔다.
(아, '구둣방'이라니! 나 오래된 사람 같다.)

"3,000원짜리 있고 5,000원짜리 있는데 뭘로 해드려요?"

여기서 잠시 안내말씀드리자면
3,000원은 일반 굽이고 5,000원은 소리가 안 나는 고급 굽이다.
나란 여자, 사실 좀 사치가 있다.

"비싼 거요. 5,000원짜리."

5,000원짜리 굽으로 갈아서 그런가, 발바닥으로부터 그 뭐랄까,
멜로우하면서도 엘레강스하다고 해야 하나.
아무튼 뭔가 고급스런 스텝감이 느껴진다(고 말하고 있지만, 저도 압니다. 기분 탓입니다).

굽을 갈다가 남자의 급에 대해 생각해본다.
내가 매기는 급은, 학벌이나 외모에 대한 급이 아니다.
인성에 대한 급이다.

선보러 나와서 다짜고짜 연봉이 얼마냐고 물었던 그 남자의 급—
마흔 넘었으면 여자로서 다 산 거 아니냐며 씩 웃던 그 남자의 급—
좋은 여자의 기준은 가슴 크기에 있다던 후배 남자사람의 급—
나는 그 남자들에게 3,000원짜리 구두 굽보다 더 낮은 싸구려 급을 매
겨주고 싶다.
그리고 다짐한다,
나 역시 '싸구려—급' 인성을 가진 여자로 살진 말자고.

당신의 인성 급은 당신의 구두 굽보다 높은가요?

쇼핑과 결혼

모처럼 쉬는 평일, 바람이나 쐐야겠어~, 라고 하면
보통은 야외로 떠나지만 나는 김포 현대아울렛으로 향한다.
아, 평일 김포 현대아울렛은 얼마나 아름다운가.
사람은 없고, 주차공간은 많고.
게다가 내가 좋아하는 폴 바셋과 아라뱃길 나루터도 있다.

하지만 첫 번째의 목적은 아무래도 쇼핑.
신발 하나를 신어보고 살까 말까 고민하다가
'한번 둘러보고 올게요' 하고 나왔다.
그런데 둘러봐도 뭐 딱히 마땅한 게 없다.
에라, 아까 그 신발 그냥 사자.
그래서 그 매장에 다시 들어가 신발을 사고 계산하는데,
점장님이 웃으며 말씀하신다.

"둘러봐도 이만 한 신발이 없죠?"
"네, 그러네요."

돌아오는 길, '결혼'도 쇼핑처럼 할 수 있다면 참 좋겠다고 생각했다.
이 사람과 결혼을 해도 될지 안 될지 판단이 애매할 때
'둘러보고 올게요'라고 말하고 다른 사람을 둘러보는 거지.

그러다 이만 한 사람이 없구나, 깨달으면 그때 결혼하는 거다.
그러면 후회 없이 평생, 그 사람에게 충성할 수 있지 않을까.

그러나 여기 아주 큰 주의점이 있다.
둘러보고 왔는데, 그 신발이 팔렸을 수도 있다는 것.
아니, 어쩌면 매장이 문을 닫아 아주 오래 기다려야 할 수도….

또 하나, 사랑도 할부가 된다면 어떨까?

일시불로 첫눈에 사랑에 빠지는 사람도 있지만,

나처럼 그게 안 되는 사람도 있으니까.

달마다 조금씩 사랑을 나눠 내는 거지.

그러니 내가 사랑을 다 드릴 때까지 진득하게 옆에 있어 달라고요,

이자도 쳐드릴 테니.

화장품

비싼 화장품이니까 좋은 화장품일 거라 생각했다.
물 건너온 수입품이니까,
기기로 이렇게 저렇게 굴리는 거니까 더 좋을 거라고 생각했다.
그런데 그게 꼭 그렇지는 않습디다.
비싼 화장품은 특별히 나쁠 것도 없지만 딱히 좋을 것도 없었다.
한마디로 비싸다고 좋은 화장품은 아니라는 얘기.
그렇다면 좋은 화장품의 기준은 무엇일까?
내 피부에 잘 맞으면 그게 좋은 거지.
수입화장품의 4분의 1 가격인 유기농화장품이 내 피부엔 잘 맞고,
그래서 나는 가격에 상관없이
나한테 잘 맞는 화장품이 좋은 화장품이라 믿게 되었다.

그렇다면 좋은 남자의 기준은 무엇일까?
역시나 나하고 잘 맞으면 그게 좋은 남자지.
아무리 학벌과 직업과 외모가 뛰어나도
나와 맞지 않으면 좋은 남자가 아니다.
심지어 성격도 그렇다.
아무리 좋은 성격을 가진 남자도 나와 맞지 않으면
나한테는 좋은 성격이 아닌 거잖아.

그런 의미에서 나는 아직 좋은 남자를 만나지 못했다.
어쩌면 한국엔 없을지도….

설마 이 지구상에 없는 건 아니겠죠?

양산을 쓴 여인

집에 돌아오는 길, 갑자기 비가 내렸다.
에이씨, 우산 없는데….
우산을 사기 위해 편의점에 들어갔다.
이런 식으로 산 비닐우산이 수십 개.
이러니 내가 돈을 못 모으지, 라는 생각도 잠시,
젠장, 비닐우산이 품절이다.
하는 수 없이 3단 자동우산으로 눈길을 돌렸다.
〈양산을 쓴 여인〉이라는 모네의 그림이 그려진 고품격 우산이다.
흠, 은은한 보라색, 괜찮군. 미련 없이 집어 들었다.
편의점을 나와 비닐 포장을 뜯고 우산을 펼친 순간.
으악, 이거 뭐냐?!!!!

은은한 보라색인 줄 알았던 우산은 껍데기만 보라색일 뿐,
안에 있는 우산은 환한 옥색!
이거 사기 아냐? 너무 하잖아~. 아, 우산인데 눈에 너무 띈다.
전철역 앞, 나와 똑같은 우산을 사서 펼치던 여인도 당황한 눈치다.

우리는 똑같은 우산을 쓰고 나란히 걸었다.
젠장, 도대체 어디까지 같은 방향이냐.

그렇게 화려한 옥색 우산을 쓴 두 여인은 말없이 오래도록 같이 걸었다.
걸으며 생각했다.
이 우산처럼 남자도 껍데기에 속았던 적이 있었지.
껍데기는 내 타입인 줄 알았는데,
알맹이는 내가 생각했던 좋은 사람이 아니었다.
하지만 우산을 접을 때 알게 됐다.
우산 상표 뒷면에, '펼쳐진 우산 그림'이 있었다는 걸.
우산이 날 속인 게 아니라, 내가 보지 못한 것이다.
그 남자 역시 그랬겠지.
그가 날 속인 게 아니라,
내가 그의 진짜 모습을 보지 못한 게 아니었을까.

〈양산을 쓴 여인〉이라는 제목처럼

이 우산, 화창한 날 양산으로 써볼까?

혹시 아주 화창한 어느 날,

애매한 푸른빛의 옥색 우산을 쓴 여인이 보인다면

그게 접니다.

인하

길을 걷는데 갑자기 내 옆으로 오토바이가 쌩~ 하니 지나간다.
아, 깜짝이야! 흠칫 놀라는 순간, 한 남자가 떠올랐다.

이제는 이름은 물론 얼굴조차 기억나지 않는
아주 오래전 태국에서 만났던 청년.
지도 하나 들고 두리번두리번 혼자 태국 시내를 걷고 있던 나에게
그가 다가와 말했다.

"한국인이세요?"

네, 저는 누가 봐도 코리안 페이스죠.
우리는 통성명을 하고, 넌 어디 가봤니, 난 여기 가봤다, 태국은 처음? 왜
혼자 왔니? 따위의 얘기를 나눴는데, 갑작스레 그가 제안했다.

"오늘 같이 다닐래요?"

그렇게 우리는 함께 태국 시내를 돌게 된 것이다.
그리고 〈비포 선라이즈〉의 로맨스를 막 꿈꾸려 할 때 그가 말했다

"누나, 여기 택시는 꼭 미터기 택시로 타야 해요."
"누나, 저는 밀가루 알레르기가 있어서 면은 못 먹어요."
"누나, 물은 에비앙으로 사 드세요. 여기 물을 어떻게 믿어요?"
"누나, 저는 잔돈부터 써야 한다고 생각해요."
"누나, 그러게 숙소는 잘 따져보고 잡으셨어야죠."
"누나, 자외선 차단제는 2시간에 한 번 바르시라니까요."

그리고 바로 오늘처럼, 오토바이가 내 옆을 지나갈 때 이렇게 말했지.

"누나, 가방은 차도 쪽으로 메시면 안 된다고요!
오토바이 날치기 장난 아닌데. 이 누나 세상 물정 모르시네."

그래, 나는 세상 물정 모르는 누나다.
그러니 제발 그 입 좀 다물 수 없겠니.
내리 쬐는 태양 아래,
입에 모터를 단 청년의 잔소리가 귀에 앵앵거리던 그 순간,
나는 한국에서는 한 번도 느껴보지 못한 현기증을 느꼈다.
그래서 4시간쯤 함께 다녔을 때 말했다.

"저기, 이 누나가 좀 피곤하네. 한국에서 보자."

숙소에 돌아와 나는 결심했다.
나를 누나라 부르는 연하는 만나지 말자,
그 연하가 잔소리꾼이라면 더욱 만나지 말자,
연하에 잔소리꾼인데 태국에 대해 잘 안다면 더욱 만나지 말자, 라고.

그럼 오토바이 날치기가 위험한 걸 어떻게 말하느냐고

따지고 싶은 남성들도 있을 수 있겠다.

그럴 땐 이렇게 하는 겁니다.

부드럽게 그녀를 인도 쪽으로 밀면서 자신이 차도 쪽에 서는 거죠.

그리고 "날치기가 위험하니까요" 하고선

그윽하게 그녀를 쳐다봅니다. 이게 바로 로맨틱 가이!, 라고 말하면

던질 돌멩이 없나 찾는 남자들이 많겠죠.

네, 압니다. 드라마를 너무 많이 봤습니다.

드라마로 배웠습니다

드라마에서 여자 주인공이 머리를 감는다.
정면을 바라보고 고개를 뒤로 젖힌 채.
오, 멋져.

다음 날 아침, 나도 해보았다. 서서 뒤로 고개 젖혀 머리감기.
그날 밤 등에 여드름이 났다.
역시 머리감기는 드라마로 배워선 안 돼.

그런데 나는 연애도 드라마로 배웠다.
그래서 그렇게 질투를 유발하면 되는 건지 알았다.
그래서 그렇게 표현하지 않는 게 자존심을 지키는 건지 알았다.
그래서 그렇게 튕겨도 나만 바라볼 줄 알았다.

그래서 드라마도 끝나고 내 연애도 끝났다.

요즘은 예능으로 요리를 배우고 있습니다.
차승원 씨가 하는 대로 부침개를 해보았으나, 안 되잖아욧!

남의 집안일

인터넷에서 인테리어해놓은 사진들을 보다가 깜짝 놀랐다.
나는 그저 멋진 집에 감탄만 하고 있는데
밑에 달린 댓글들이 장난이 아니다.

'마감재가 싸구려 같네요.'
'돈은 많이 들였는데 효율성이 없어 보여요.'
'저 커튼은 햇빛 차단이 안돼요.'
'아이가 태어나면 저 흰 벽지는 끝장입니다.'

와, 남의 집에 정말 말도 많고 탈도 많다.
돈을 많이 들이거나 말거나 자기 돈 들인 것도 아니고,
애를 낳으면 그때 벽지는 알아서 교체하겠지,
게다가 정 불편하면 이사라도 갈 텐데, 참 별 걱정을 다하시네,
라고 중얼거리는 순간, 나 역시 그래왔다는 걸 깨달았다.
남의 연애사에 말이다.

"그 나이에도 공부하는 남자는 별로야. 헤어져."
"프리랜서? 고정 수입이 없다는 뜻이잖아. 헤어져."
"술을 좋아하는 남자는 문제를 일으키게 돼 있어. 헤어져."
"전화를 안 받아? 헤어져."

생각해보니 지인들이 결혼할 때, 나는 그 모든 결혼을 반대했다.
샘이 나서가 아니라 진심으로
나의 지인들이 아깝다고 생각했기 때문이다.
그러나 이제 반성한다.
내가 뭐라고 감히 그들의 결혼을 말린단 말인가.
(제가 말렸다고 결혼 안 한 사람은 없지만 말입니다.)
앞으로는 남의 연애사에 조언이랍시고 하는 댓글 따위 달지 않겠다.

이렇게 다짐했건만,

방금 후배와의 카톡에 또 이런 답을 남기고 말았다.

"그림 그리는 예술가? 너무 예민하실 거 같은데, 만나지 마."

노트북 배터리

나의 노트북은 배터리를 만땅으로 충전시켰을 때
6시간 정도 작업이 가능하다, 고 설명서에 쓰여 있다.
(아직 6시간 연속으로 작업해본 적은 없어 확인은 못했습니다.)
그러니 배터리가 47퍼센트 정도 남았어도
카페에서 3시간은 쓸 수 있는 것이다.
그러나 나는 어찌된 영문인지,
배터리가 40퍼센트대로 떨어진 노트북을 보면
극심한 초조함을 느낀다.
'어떡하지? 3시간밖에 일 못하네?'라는 생각 때문이다.
하지만 실제로 일을 해보면 2시간도 채우지 못한다.

1시간 반이 넘어가면 온몸에 좀이 쑤시면서,
새삼스레 연락 뜸한 지인에게 카톡을 보내거나
휴대폰으로 친구의 카스 동영상을 보고 혼자 낄낄 대는 것이다.
2시간도 채 일하지 않을 거면서
남은 배터리 수명 3시간을 걱정하는 모습이
백 년도 못 살면서 천 년을 걱정하는 중생 같다고나 할까.

돌아보면 모든 것이 이런 식이었던 것 같다.

20대 때부터 65세 정년이 보장되는 직장에 다니는 남자를 원했다.
그러나 생각해보면
내가 65세까지 그 남자와 살 수 있을지 없을지도 모르고
(이혼이 흔한 시대니까요.)
요즘 직장은 '보장'이란 단어가 어울리지 않으며
(명예퇴직이 흔한 시대니까요.)
또 제2의 직업이란 것도 있을 수 있기에
20대부터 나는 쓸데없는 걱정을 해대는 중생의 모습이었던 것이다.

진즉에 이런 중생의 고민으로부터 자유로웠다면
나는 지금쯤 좀더 풍부한 삶을 살고 있지 않을까?
20대에 남자가 60대에 다닐 직장을 고민하지 않았다면
나는 좀더 많은 남자들과 다양한 연애를 할 수 있지 않았을까?

다음 생에 다시 태어나면
그때는 내일 일조차 걱정 않는 노승의 마음으로 살아야지.

나무아미타불 관세음보살

노승의 마음으로 산다고 남자를 멀리하겠다는 뜻은 아닙니다.
오해 없으시길….

내가 이래서 결혼을 못하네

(feat. 가지)

이상하게 어지럽고 속이 메슥거렸다. 물론 그날이 무척 덥기는 했다.
그리고 빈속에 커피를 두 잔이나 마셨으며
배가 좀 고파서 '가지'를 생으로 먹었다.
하루 종일 에어컨을 틀었고
(전기료? 에라 모르겠다. 더워 죽을 판인데.)
그래서 냉방병인가? 생각했다.
혹시 빈혈인가 싶어 언니가 사주는 부대찌개도 엄청 먹었지만
차도가 없었다.

그래도 할 일이 태산이니까, 라고 말은 했지만 기력이 달려 누워버렸다.
그리고 누운 채로 휴대폰으로 이것저것 검색하다가 나는 알게 되었다.
내가 왜 어지럽고 메슥거리는지. 그건 바로, 가지 때문이었다.
검색 결과는 이랬다.

"익지 않은 가지에는 솔라닌이라는 독성이 있어서
위와 신경에 나쁜 영향을 미치고
복통, 위경련 같은 증상과 어지러움, 구토를 유발할 수 있다."

그렇다. 빈속에 생가지를 먹은 것이 문제였다!

나는 평소 생가지를 즐겨 먹었다.

생가지 특유의 풋사과 같은 맛이 좋아서, 라고 남들에게는 말하지만

사실 조리하기가 귀찮아서다.

그런데 지금까지 내가 독성을 먹고 있었다니!

만약 결혼 후 이런 식으로 가족들에게 생가지를 먹였다면

나는 신문에 났을지도 모른다. 이런 헤드라인을 달고.

"생가지로 남편 독살 시도. 결혼이 기대와 달라 앙심 품은 듯."

이래서 내가 결혼을 못하네. 내 무식함으로 여러 사람 다칠까 봐.

그후 가지는 반드시 익혀 먹는다.

프라이팬에 기름을 두르고 노릇노릇 굽는 거지.

어? 근데, 집에 간장이 없다.

이래서 내가 결혼을 못하네.

이래서 결혼을 못하네

(feat. 사계절)

봄, 여름, 가을, 겨울.

각각의 이유로 데이트가 귀찮은 나.

이래서 내가 결혼을 못하네.

황사라는데...

덥겠다...

낙엽에 미끄러질텐데...

춥겠다.

이래서 내가 결혼을 못하네

(feat. 바게트)

나는 유머 있는 남자가 좋다.

특별히 뭘 하지 않아도 주고받는 대화 속에 농담이 피어나고

그 농담으로 한바탕 웃을 수 있다면, 그걸로 만족한다.

위기의 순간에도 유머를 잃지 않는, 여유를 가진 남자라면 더 좋겠지.

그래서 누군가 나에게 '그러면 개그맨과 결혼하면 되지 않겠느냐'고 권한 적이 있다.

그러나 개그맨들이 집에서 재밌게 해줄 거 같다고 생각하면 오산이다.

오히려 보통 사람보다 말수가 없다는 게,

개그맨과 결혼한 아내들의 증언이다.

게다가 개그맨들은 미녀를 좋아하지 않나?

그러니 나와 만날 가능성은 희박한 것이다.

또 무엇보다 더 큰 문제는,

나는 꼬박꼬박 월급이 나오는 안정적인 정규직이 좋다.

충돌은 여기서 일어난다.

그러면 결국 나는,

이를 테면 공무원 같은 직종의 남자를 원하는 것인데,

사실 유머 있는 남자 공무원은 흔치 않다.

(남자 공무원을 비하하는 것은 아닙니다. 오해 없으시길!)

소개팅에 나가 보면 농담은커녕 비유적 표현도 통하질 않는 것이다.

예를 들면 이런 식이다.

"저는 자전거를 못 타서, 자전거 배우면 꼭 자전거 바구니에 바게트 빵
을 담고 달려보고 싶어요."
"저는 바게트 빵을 좋아하지 않습니다."
"아, 네."

그러니 아무래도 나의 이상형은 현실엔 없는 거 같다.
이래서 내가 결혼을 못하네.

내가 이런 얘기를 하자, 10년차 유부녀 친구가 말했다.
"어차피 부부는 10년쯤 지나면 서로 말을 안 해.
말이 통하고 말 것도 없어."
오 마이 갓. 이래서 내가 결혼을 못하네.

공유기

조카의 도움으로 1년 전에 사놨다가 처박아놓은 공유기를 달았다.
랜선을 끼우고 (조카가요)
비밀번호를 설정하고 (조카가요)
노트북도 무선 인터넷을 잡을 수 있게 만들고 (조카가요)
그리고 마침내 나는 데이터 대신 와이파이로 휴대폰 검색도 할 수 있게
된 것이다.

그날 밤,
뿔이 세 개 달린 공유기를 바라보며 '넌 참 너그럽구나' 하고 생각했다.
하나의 라인으로 여러 대의 컴퓨터가 인터넷을 공유할 수 있도록
뿔을 곤두세우고 있다니! 나무아미타불 관세음보살이로세.

나는 내 남자친구를 다른 사람과 공유하는 것을 참지 못했다.
그의 친구들과 공유해야 하는 것을,
그의 가족과, 직장동료와,
그의 취미생활, 그의 고독, 혼자만의 시간, 잠수와 동굴, 그 많은 것들과
그를 공유했어야 했는데, 그러지 못했다.
오로지 나에게만 집중하지 않는 그가 싫었다.

내가 옆에 있는데 어떻게 고독할 수가 있어?
어떻게 주말에 내가 아닌 직장동료와 영화를 볼 수 있어?
휴가를 어떻게 내가 아닌 친구들과 맞출 생각을 해?
그리고 급기야는 이렇게 결론 내렸다. 사랑이 식은 거야.

돌아보면 참으로 유치했고, 철없던 시절의 연애.
미안합니다, 공유기가 되지 못해서….

넌... 참 너그럽구나...

선택 2016

"선풍기를 하나 더 사야겠는데, 뭘로 사지?"

홈플러스 '선풍기 초특가 대전' 코너 앞에 서서 한참을 망설였다.
선풍기가 좋을까, 요즘 유행이라는 에어서큘레이터가 좋을까.
바람을 이렇게도 쐐보고, 저렇게도 쐐보며 한 30분 서 있었나 보다.
끝내는 점원이 와서, 나에게 물었다.

"뭐가 마음에 안 드세요?"
"아뇨, 다 맘에 들어서요."

그리고 결국 나는 에어서큘레이터를 선택했다.

집에 와서 검색해보니 내가 산 에어서큘레이터가 인터넷에선 2만 원이나 싸다.

게다가 소음이 심하다는 댓글이 있고,

별로 시원하지 않다부터 왜 샀는지 모르겠다, 이 가격이면 차라리 그냥 선풍기를 사라는 말까지.

내 선택을 후회하게 만드는 글들뿐이었다.

그러나 내가 누군가.

일단 한번 선택을 했으면 그 선택이 옳다고 스스로에게 우기는

그런 성격의 소유자가 아닌가.

"크기가 작으니까 원룸 사는 나에게 딱이야."

"바람이 속 시원히 나오진 않아도 멀리까진 갈 거야."

"선풍기는 하나 있잖아, 그러니까 대세인 에어서큘레이터를 써보는 것도 괜찮아."

"아이고, 보면 볼수록 참 잘 샀네."

이런 내 성격이 남자에게도 발휘되면 좋으련만,

이상하게도 남자에게는 그게 안 된단 말이지.

이 남자를 만나기로 했으면,

내 선택이 옳았다고 스스로에게 우겨야 하는데 끊임없이 의심한다.

"나랑 식성이 안 맞는 거 같은데?"
"연락에 일관성이 없잖아. 왜 그럴까?"
"이 사람 회사 탄탄한 거 맞아?"
"나란히 걸어보니 키가 생각보다 안 큰데?"

에어서큘레이터를 옹호하듯 남자를 옹호했다면,
난 지금 혼자가 아니었겠지?
아, 이런 내가 싫다.

그래도 이만 한 사람이 없다, 생각하며
자신의 선택을 믿고 사시는
모든 기혼자 여러분, 존경합니다.

남편의 유형 1. 이과생

친구의 남편은 공대를 나왔다.
그녀 말로는 이과 출신이라 그런지 싸울 때조차도 너무 이성적이어서
더욱 화가 치민단다. 예를 들면 이런 식이다.

그녀는 현재 쿠웨이트에 살고 있는데,
처음 적응하는 기간 동안 외롭고 우울해서 많이 힘들었단다.
그래서 남편에게 하소연을 했던 거지.

"나 여기서 정말 못살겠어. 외롭고 친구가 그립고⋯."

그렇구나, 그래도 어떡하겠어, 우리 잘 살아보자, 라고 다독일 줄 알았는
데, 남편은 아주 냉정한 얼굴로 이러더란다.

"그 말은 지금 한국으로 돌아가자는 거야?"
"누가 꼭 그렇대?"
"그럼 그게 무슨 말이야? 여기서는 못살겠는데 한국으로 돌아가자는
얘기가 아니라니! 당신 말은 '로직'에 맞질 않잖아."

친구는 생각했단다.

'로직 같은 소리 하고 있네.'
그녀의 남편은 그 후에도 싸울 때마다 로직이란 말을 빼놓지 않았단다.

"지금 당신 감정은 로직에 맞지 않아."
"로직에 맞춰 생각해보면 그건 당신이 잘못한 거라고."

그래서 친구는 남편에게 말했다.

"로직 소리 한 번만 더 해~. 확 짐 싸서 한국 들어갈 테니까!"

그리고 나에게 덧붙였다.

"넌 문과 출신 남자랑 결혼해. 우린 로직이 없는 여자들이라 이과 남편
은 힘들어."

정말 문과생과 이과생은 생각이 많이 다른가요?

남편의 유형 2. 문과생

후배의 남편은 국문과를 나왔다.
그녀 말로는 문과 출신이라 그런지 싸울 때조차도
너무 문학적이라 더욱 화가 난단다. 예를 들면 이런 식이다.

후배는 육아와 직장생활을 병행하고 있는데,
남편이 집안일을 조금도 도와주지 않는다는 것이다.
남편이 일찍 들어온 날, 청소 좀 하라고 하면
"내가 청소하려고 일찍 퇴근한 줄 알아?" 하면서 화를 내고,
그러다 대판 싸우게 되면 남편은 화를 내다 말고 방으로 들어간단다.
따라 들어가 보면 남편은《좁은 문》을 읽고 있단다.
화를 삭이려는 자신만의 방법이니 건들지 말라고 하면서.
그래서 후배는 작가 중에 '앙드레 지드'를 제일 싫어한다.

그녀는 나에게 덧붙였다.

"언니는 이과 출신 남자랑 결혼해. 문학적인 남편은 힘들어."

저기, 오해가 있을까 봐 말씀드리는데
저도 국문과 출신이지만,
화를 가라앉히기 위해 책을 읽지는 않습니다.
혹시 던질 수는 있겠네요.

맘스무비

메가박스 화장실에서 볼일을 보다가
'맘스무비'라는 게 있다는 걸 알았다.
간단히 설명하면, 아이와 엄마가 같이 영화를 볼 수 있도록 하는 것인데,
그래서 영화 보는 도중에 아이가 울어도 상관없고,
아이가 무섭지 않게 불도 환하게 켠 상태에서 영화를 상영한단다.

문득 생각난 후배의 일화 하나.
후배가 영화 〈변호인〉을 보러 갔을 때의 일이다.
영화에 집중하고 싶어 평일에 그것도 한낮에
시간을 내서 극장에 갔는데
예상대로 극장은 텅 비어 있고, 관객은 자신과 한 여인뿐.
다만 안타까운 것은 그 여인이 갓난쟁이 아기를 데리고 왔다는 것이다.
영화 초반까지만 해도 자고 있던 아기는
영화 중반 즈음부터 칭얼대기 시작했고
급기야 소리 내어 엉엉 울더란다.
아기 엄마가 우는 아기를 달래기는 했으나
아기는 시시때때로 중요한 순간마다 울어댔고,
급기야 후배는 짜증이 난 상태로 극장을 뛰쳐나오고 말았단다.
그리고 그녀가 달려간 곳은 매표소.

"저기요, 어떻게 15세 이상 관람가 상영관에 아기가 들어올 수 있죠?"

"아기 엄마가 애가 순하다고 안 울 거라고 해서…."

"그 순한 애가 송강호 씨가 국밥 먹을 때부터 계속 울었거든요?"

"죄송합니다."

"환불해주세요!"

"규정상 그건 불가능합니다. 초반에 나오신 것도 아니고 영화 거의 다 끝날 때 나오셔서…."

"뭐라고요?"

아기 엄마가 이 글을 본다면 싸가지 없는 년이라고 욕할지도 모르지만,
난 후배의 마음을 백번 이해한다.

〈라이프 오브 파이〉를 보러 갔다가 주인공 '파이'에게 전혀 관심 없는
단체 관람 유치원생 때문에 나는 정말 미쳐 죽는 줄 알았다.

뒤에서 내 등받이를 차는 아이와 앞에서 팝콘을 던져 입으로 받아먹는
아이. 그 아이들을 조용히 시키려는 목소리 큰 아이와 또 그 아이를 말리
는 목소리 더 큰 아이. 게다가 영화 도중 화장실을 자연스럽게 드나들던
콜라 먹던 아이까지.

그래서 나는 웬만하면 그들이 여름방학인 한여름에는
평일 낮에 극장에 가지 않는다.

그런 의미에서 나는 '맘스무비'를 격하게 환영한다.

당시 환불을 요구했던 그 후배는 이제 한 아이의 엄마가 되었다.

그때 일을 생각하며,

어른들 보는 영화에 절대 아이를 데리고 가지 않는단다.

근데 또 이런 말도 한다.

"오죽 했으면, 이란 생각은 들더라고.

내가 키워보니까 애가 진짜 엄마한테서 안 떨어져."

하려고 했는데

JTBC 드라마 〈청춘시대〉를 보며 생각했다.
어! 쉐어하우스에 대한 드라마, 나도 생각했는데!

tvN 드라마 〈식샤를 합시다〉를 보며 생각했다.
어! 혼자 먹는 사람들에 대한 드라마, 나도 생각했는데!

〈개그콘서트〉를 보며 생각했다.
어! 영화 〈부산행〉 패러디 나도 생각했는데!

문제는 그들은 행동했고, 나는 생각만 했다는 것이다.
나의 그 오만가지 생각 중, 한 가지만 실행했어도
지금보다 좀더 발전된 삶을 살았을 텐데.
그러나 이런 생각을 하는 중에도, 나는 가만히 앉아
다른 사람의 움직임만 바라보고 있다.

우리 서른다섯에는 결혼하자~, 라고 결심했을 때
친구는 선을 봤고
난 TV를 봤던 것처럼.

여행 친구

3박 4일 휴가를 받았다. 어디로 갈까?
친구와 얘길 하다가, 멀리 가봐야 사람만 많다는 생각에
그냥 편히 쉬다 올 수 있게 파주의 한 호텔에서 보내기로 했다.
이 친구와 처음 함께하는 여행이라 걱정이 없었던 것은 아니다.
혼자 생활하는 데 익숙한 내가,
누군가와 3박 4일을 그 좁은 호텔에서 잘 지낼 수 있을까,
조금 두려운 마음도 있었다.
하지만 그렇다고 '우리 서로에게 간섭 말자'라든가,
'화장실 쓰는 순서를 정하자'라든가 하는 규칙은 만들지 않았다.
그냥 3일만 참자, 하는 생각.

그런데 결론부터 말하자면 우리는 매우 잘 지냈다.

마감할 원고가 있어 좀 일찍 일어난 나는 1층 카페에서 원고를 쓰고

친구는 자기가 일어나고 싶은 시간에 느지막이 일어났다.

배가 고파지는 시간에 함께 점심을 먹고, 카페에서 각자 책을 읽었다.

그리고 편의점에서 맥주를 사와 방에 들어와 한참 수다를 떨며 마시고,

'나 먼저 잘게'라는 말도 없이, 그냥 각자 휴대폰을 보다가 잠이 들었다.

각자 할 일하다가

밖에 좀 나가볼까, 누가 제안하면 호텔 주위를 한 바퀴 돌고,

어? 저기 까사미아 세일한다!, 라는 한마디에

쪼르르 달려가 1 + 1 목베개를 샀다.

그리고 돌아와서는 또 널브러질 대로 널브러지고,

어떤 자세로 뭘 하든 서로에게 간섭하지 않았다.

여행을 끝내고 돌아오며, 생각했다.

내가 만약 결혼을 한다면, 이런 결혼생활이라면, 참 좋겠다고.

함께 밥을 먹고 함께 산책을 하지만,

서로의 생활에 잔소리하지 않는 결혼.

외로울 때 함께 있어주고, 기쁠 때 함께 웃어주지만

희생을 강요하지 않는 결혼.

나 그런 결혼을 할 수 있을까?

'없다'고 언니가 말한다.

결혼은 희생과 잔소리와 간섭을 비벼

한 방울의 기쁨을 얹는 비빔밥 같은 거라고.

각각 따로 담아 밀봉하는 락앤락 반찬통이 아니라고.

그렇군. 역시나 나와 결혼은 어울리지 않는 듯싶다.

어떤 소개

S# 1

부동산 아주머니 : 원룸? 싱글이야? 나이는?

여자 : 왜요?

S# 2

부동산 아주머니 : 아가씨하고 잘 어울릴 거 같은 남자가 있어
서그래.

여자 : 그래요? 누군데요?

S# 3

부동산 아주머니 : 이 건물 5층에 주인집이 사는데 그 아들.

여자 : 아하~, 주인집 아들이에요?

S#4

부동산 아주머니 : 아니, 아니, 그 아들의 친구의 외삼촌의 군대동기인데 아주 괜찮대.

S#5

여자 : 네? 그럼 사장님도 전혀 모르는 사람 아니에요?
부동산 아주머니 : 모르긴 왜 몰라. 이 건물 주인 아들의 친구의 외삼촌의 군대동기인데….

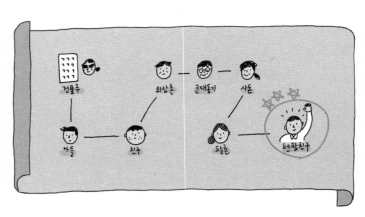

결국은 주선자도 잘 모르는

사돈의 팔촌의 5종 사촌의 펜팔친구 같은 사람.

한마디로 생판 남.

이런 소개는 받고 싶지 않습니다.

03

외로운
걸까?

라면을 끓이며

라면을 끓이다가 문득 10년 전에 헤어진 그가 생각났다.
그는 봉지에 남은 '면 부스러기'까지 다 털어 넣고 끓이는
나를 이해하지 못했다.

"부스러기는 왜 넣어?"
"아깝잖아."
"끓여도 그 면 부스러기는 안 먹잖아! 어차피 버릴 거 뭐 하러 넣냐?"
"내가 먹으면 되잖아! 내가, 내가! 싹싹 긁어먹을 테니까 두고 봐!"

왜 갑자기 그날의 싸움이 떠올랐는지는 모르겠으나

그의 말이 맞았다는 것을 다 먹은 라면 국물을 따라 버리며 10년 만에 깨달았다.

그래, 이거였구나.

국물 아래 가라앉아 있는 짧은 면들은 어차피 버리게 되는 거였어.

나이가 조금 들고 보니, 이런 때가 종종 있다.

지난날 누군가의 말이, 행동이, 표정이 불현듯 이해되는 때.

특히 연애 시절 했던 싸움들을 떠올리며

아, 그래서 그가 화를 낸 거였어, 라고 혼자 수긍하는 나를 발견한다.

물론 지금 이해한 것을 그때 이해했더라도 우린 결국 헤어졌을 것이다.

이별이 없었기를 바라는 게 아니다.

다만 서로에게 상처는 조금 덜 입히지 않았을까, 하는 기대?

언젠가 그를 우연히 다시 만나면 안부인사 대신 이렇게 말해주고 싶다.

"왜 라면 부스러기를 넣지 말라고 했는지, 이제 이해했어. 많이 늦은 이해지만."

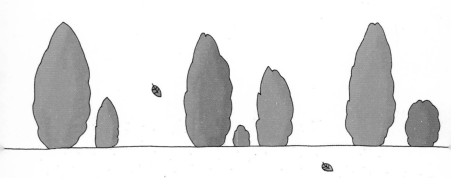

친구에게 라면 끓일 때 면 부스러기를 넣는지 묻자 친구가 말했다.

"난 봉지에 입 대고 그냥 털어 먹는데. 왜? 중요해?"

중요하지 않다. 그 중요하지 않은 문제로 우린 왜 싸웠을까?

캐 롤

비가 내리고 바람이 몹시 불던 어느 날,
뭔지 모르게 많이 우울했고, 외로웠고, 내 자신이 한심했다.
집에 오자마자 맥주를 따고 올레TV에서 충동적으로 영화를 골랐다.
그날 리모컨이 클릭한 영화는 〈캐롤〉.

영화 〈캐롤〉은 서로에게 끌려 사랑에 빠진
두 여인의 애틋한 사랑이야기다.
이 영화는 '동성애'를 특별한 사랑으로 분류하는 것이 아니라
그저 보통사람이 할 수 있는 여러 형태의 사랑 중 하나라고
말한다.

그리고 영화에 가장 많이 나오는 대사는,

"당신 탓이 아니에요."

모든 것을 내 탓으로 돌리고 사는 소심한 나에게
이보다 더 큰 위로의 말이 있을까.
여러 이별을 겪으며 차는 순간에도, 차이는 순간에도
나는 언제나 이별이 내 탓이라고 자책해왔다.

그를 아프게 한 나는 정말 못된 인간일 거라고—
왜 나는 그를 자꾸 외롭게 하는 거냐고—
그가 떠난 건 더 이상 나에게 매력이 없기 때문일 거라고—
나는 아무래도 연애에 소질이 없는가 보다고—.

이런 나에게 영화 속 주인공이 말한다,
당신 탓이 아니에요.

그날 〈캐롤〉을 보며 나는 나를 위로했다.
사랑과 이별은 남 탓도 아니지만 내 탓도 아니라고—.

굳이 누구를 탓해야 속이 시원하다면
그래, 아직 나타나지 않은 내 반쪽 탓이라고 해두자.
그를 만나기 위해 수많은 만남과 이별을 반복하는 것일 테니.

그리고 〈캐롤〉엔 또 이런 명대사가 나옵니다.
"세상에 우연은 없어. 모든 건 다 빙 돌아서 제자리로 되돌아가게 돼."
오늘 이별한 당신에게 위로를 전합니다.
당신 탓이 아니라고, 그저 제자리로 돌아가는 중이라고—.

외로운 걸까?

메일함을 열었다가, 심장이 살짝 쿵, 내려앉았다.

'윤용 씨,'

이렇게 시작되는 메일 제목은 아래와 같이 마무리된다.

'더 낮은 새로운 가격의 IKEA 제품을 만나보세요.'

그렇다. 이케아 광고 메일이다.
보통 광고는 '이윤용 님' 혹은 '고객님' 이렇게 시작하는데
이케아 광고는 늘 성을 빼고 내 이름을 부른다.
마치 귀에 대고 속삭이는 목소리 좋은 남자처럼.

나 ... 외로운 걸 까?

그러고 보니 요즘은 나를 '윤용 씨'라고 부르는 사람이 거의 없다.
이 작가, 윤용 작가, 혹은 이윤용 씨, 아니면 언니, 선배.
그리고 친구들은 용!
이러니 내가 이케아 메일에 설렐 수밖에.

흥, 아무래도 이케아 사람들이 나의 외로움을 눈치 챈 모양이다.
영악한 사람들!

이케아의 메일을 열어보니, 소나무 서랍장이 9만 9,900원이다.

아, 사고 싶다. 안 돼! 넘어가면 안 돼!

이케아여~, 내 이름 부르지 마!

양화대교
(feat. 가양대교)

♬ 행복하자, 우리. 행복하자.
아프지 말고, 아프지 말고.

차 안에서 자이언티의 〈양화대교〉를 들으며
의리 없게 가양대교를 건너다가, 문득 오래전 '내'가 생각났다.

저기 저 양화대교까지만 더 걷자.
숨을 헐떡이며 나는 혼자 한강 둔치를 걸었다. 잊고 싶어서.
누구를? 그를.
나와 헤어진 그가 결혼한다는 소식을 들었을 때,
뭐랄까, 낮잠을 자느라 시합에 져버린 토끼의 심정 같았다고나 할까.
분명 내가 먼저 헤어지자고 했고,
그래서 그는 나를 아직 못 잊고 있을 거라 생각했는데, 결혼이라니!
왠지 진 느낌이었다.
가양대교부터 양화대교까지, 결코 짧지 않은 그 길을 걸으며
참 많은 생각을 했다.

그녀하고는 언제부터 만난 걸까?

나하고 헤어진 시점부터 계산하면, 오버랩인가, 양다리인가?

정말 그녀를 사랑하고 있을까? 날 두고?

그리고 마침내 이런 결론을 내렸다.

'그래, 홧김에 하는 결혼일 거야, 나 때문에.'

그러나 어떤 결혼도 홧김일 순 없다는 걸,

친구 휴대전화에 찍힌 그의 결혼식 사진을 보고 알았다.

입이 귀에 걸린 그와 너무나 아름다운 신부.

제길, 서로 사랑해서 하는 결혼이었어!

그런데 예전에 사귀었던 남자를 결혼시키고 나면
(제가 시킨 건 아닙니다만) 두려울 것이 없어진다.
오히려 마음의 평화가 찾아온다고나 할까.
그에게 애인이 생겼나 안 생겼나 불안했던 마음에 종지부를 찍고,
마음이 평온해짐과 동시에 미련의 문도 닫히는 것이다.
마치 낮잠으로 시합에 졌지만
그래도 낮잠이 달콤했으니 상관없다고
쿨하게 돌아서는 토끼처럼 말이다.

그래서 간혹 후배들이 전 남자친구의 SNS를 보고
"언니, 그에게 새로운 여친이 생긴 것 같아요"라고 울상을 지을 때면
나는 솔직하게 말해준다.

"그년하고 곧 결혼할지도 몰라.
하지만 괜찮아. 그날이 너에게도 축복의 날이 될 테니!"

이제 그만 전 남친의 SNS에서 나와

행복하세요. 아프지 말고.

남의 결혼식

S# 1

후배 : 선배님, 이거~.
나 : 에이, 뭘, 크리스마스카드까지.
그래, 너도 메리크리스마스!

S# 2

후배 : 청첩장이에요, 선배님.

S# 3

시간 : ○월 ○일 토요일 12시
장소 : 강남웨딩홀

결혼식 좀 주말에 안 할 수 없나?

결혼식 좀 한낮에 안 할 수 없나?

아니, 아예 그냥 결혼식 좀 안 하고 살면 안 됩니까, 여러분?

토요일 결혼식 다녀오느라

가는 데 차 막혀서 2시간, 오는 데 차 막혀서 2시간,

지켜보는 데 30분, 밥 먹는 데 30분.

나의 아까운 주말을 그렇게 날려버렸다.

그뿐인가! 축의금 날렸지, 기름값 날렸지.

거기다가 '이제 결혼 안한 사람은 너뿐인 거 같은데?'

하는 따가운 시선에

마음의 평화도 날아갔다.

아, 심란해.

동네 친구를 불러내 맥주를 마신다.

내가 불러냈으니 술값은 내가 낸다. 에잇, 그러고 보니 술값도 날렸네.

남의 결혼식 때문에 손해가 이만 저만이 아니다.

몸도 마음도 파산으로 몰고 가는 남의 결혼식.

혹자는 말한다. "아직도 결혼식 다녀?"

근데 또 이 말도 서운하단 말이지. 아직도, 라니?

결혼식 하객에도 나이 제한이 있다는 거야, 뭐야? 응?

아, 기분 나빠. 쇼핑을 해야겠어.

또 옷값으로 돈을 날리네~.

잠 못 드는 밤, 비는 내리고

토토토토토닥닥닥닥
토토토토닥닥닥닥
토토토닥닥닥
토닥토닥
토닥
토
닥

침대를 창가로 옮겨놓았던 그날 밤, 비가 내렸다.
비가 창문을 두드리며 나를 위로한다.
토토토닥닥닥. 토닥토닥.

저 먼 지구 끝 어딘가에서
너처럼 외로움에 빠진 남자를 보았단다. 토토토닥닥닥. 토닥토닥.
그도 창가에 앉아 나를 보며 누군가를 그리워했지. 토토토닥닥닥. 토닥
토닥.

손에는 위스키 잔이 들려 있고, 눈가는 촉촉했단다.

눈물이 그치고 날이 밝으면, 그는 밝은 얼굴로 사람들에게 인사하겠지.

그가 밤새 울었다는 걸 사람들은 모를 거야.

그러니 너무 외로워하지 말렴,

누구나 그렇게 살고 있으니. 토토토닥닥닥. 토닥토닥.

잠 못 드는 밤, 촉촉한 비의 위로.

어쩌면 영원히 혼자여도 괜찮을 거 같다는 생각이 듭니다.

지금 이대로 가끔 누군가를 그리워하고.

비의 위로를 받으며 사는 것도 그리 나쁘진 않겠지요.

지구 끝에 누군가도 그렇게 살고 있을 테니까요.

나는 누구인가?

"제 앞머리가 왜 이렇게 자꾸 휠까요?"

새치 염색을 하러 미용실에 갔다가 헤어디자이너에게 물었다.
그러다 충격적인 사실을 알게 됐다.

"곱슬머리라 그래요."
"네에? 그럴 리가요!"

43년 동안 나는 내가 직모인 줄 알았다.
단 한 번도 내 머리가 직모임을 의심한 적이 없었다.
그런데 내가 곱슬머리라니!

"전 정말 몰랐어요!!"
"네, 자기 머리를 자기가 제일 잘 안다고 생각하지만 꼭 그렇진 않죠."

그래서였을까.
'난 정말 현모양처감인데…'라고 말했을 때 우리 언니는 코웃음을 쳤다.

"현모양처는 무슨~. 너처럼 '결혼'하고 안 맞는 앨 본 적이 없고만."

아, 나는 누구? 여긴 어디?
도대체 나는 나에 대해 얼마나 알고 있을까.

당신은 자신에 대해 얼마나 알고 계신가요?

맥가이버 남편

원고를 쓰려고 노트북을 켰는데
한글 2010에서 '복사하기' 기능에 오류가 났다.
네이버에서 자료를 복사해 암만 한글에 '붙이기'를 해도 먹히질 않는다.
그 순간 생각했다. '역시, 결혼을 했어야 했어!!'
남편이 있다면 컴퓨터쯤 뚝딱 고쳐줬을 텐데.

그리고 공교롭게도 바로 그날
차에 시동을 거는데 걸리질 않는다. 어라? 뭐지?
아무리 시동을 걸어도,
나를 비웃기라도 하듯 피식피식피시식 소리를 내며 시동이 꺼진다.
그 순간 생각했다. '역시, 결혼을 했어야 했어!!'
남편이 있다면 자동차 시동쯤 뚝딱 고쳐줬을 텐데.

형광등이 나갔을 때도—
수도관이 샐 때도—
욕실 천장에서 물이 떨어질 때도—
갑자기 가스레인지가 작동이 안 될 때도—
세탁기에서 소리가 날 때도—
남편이 있다면 좋았을 텐데, 하고 나는 생각하는 것이다.

그래서 언젠가
"나는 맥가이버 칼 같은 다목적 남편을 원해"라고 말했을 때
기혼자들은 모두 들고 있던 숟가락을 집어 던졌다.
그리고 누군가 말했다.

"그런 환상을 품고 결혼하면 망하는 거야. 맥가이버는 현실에 없거든."

그러나 현실성 없는 나란 여자는
오늘도 맥가이버 칼 같은 남자를 꿈꾼다.
오늘은 칼이 되고, 내일은 와인 따개가 되는 그런 남자를——.

조금 전 기사를 보니 '맥가이버' 시리즈가 부활하는데
새 주인공 외모가 내 스타일이 아니다.
다목적이어야 하는데 인물도 좋아야 돼?
와, 내가 생각해도 너무하네, 나란 여자.

안 맞는 진짜 이유

소개팅 후, 여섯 번쯤 만났던 남자와 어제로 끝났다고 후배가 말했다.
후배는 그 남자가 학력도 프로필도 훌륭하고 직업도 안정적인데,
뭔가 조금씩 안 맞는 거 같다고 했다.
그 뭔가가 뭐냐고 물으니, 선뜻 대답을 하지 못한다.

"아, 그러니까 이런 거예요.
제가 요즘 대학생들은 불쌍하다고, 취업도 안 되고, 라고 말하니까
그 남자가 '우리 때는 안 그랬나요?' 하는데,
뭔지 알겠죠? 안 맞는 거. 모르겠어요?"

모르겠다.
남자의 대답이 뭐가 잘못됐는지, 어디서 안 맞는다고 느낀 건지
당최 알 수가 없다.
그래서 후배에게 단도직입적으로 물었다.

"혹시 그 남자, 못생겼니?"
"… 네."

이제 알겠다.

그 남자가 안 맞는 건, 얼굴이다.

조인성이 나왔어봐라,

무슨 말을 해도 하는 족족 다 잘 맞는다고 했을걸?

하지만 이해한다.

30대 초반, 한참 외모를 따질 나이지. 남자든, 여자든.

아, 잠깐. 아니다. 외모를 따지는 나이가 따로 있진 않은 거 같다.

내 친구의 어머니는 사윗감의 가장 중요한 조건으로 '인물'을 꼽았다.

그래서 최근 결혼을 생각하는 남자가 생겼다고 말했을 때,

친구 어머니는 가장 먼저 이렇게 물으셨단다.

"잘생겼니?"

차마 못생겼단 말은 못하고, 친구는 대답했다.

"네, 얼굴 말고 마음이…."

점 볼 만큼의 노력

후배가 말했다,

"언니, 점 보러 가실래요?, 근데 좀 멀어요."

멀어봤자, 남양주? 그렇게 생각했다.
그런데 후배가 이런다.

"대구예요."

이런 미친!
후배는 '그게 왜요?' 하는 표정을 짓는다.
자신이 아는 선배는 점 보러 부산도 갔다면서.

남자를 만나는 데 그 열정을 쏟았다면
적어도 '와, 내가 진짜 사랑했구나' 하고 가슴 벅찼을 텐데.
매일 점집 찾아다니며 먼 곳도 마다하지 않고,
이른 아침 달려가 줄을 설 그 열정을,
남자 만나는 데 썼더라면,
그 마음이 가상해서라도 남자가 평생 잘하며 살았을지 모른다.

그래, 생각해보면
점 보러 가는 만큼의 노력을 남자에게 기울였다면,
나는 지금쯤 두 아이의 엄마가 돼 있었을 수도 있겠다.
점쟁이를 믿는 만큼 그를 믿고,
복비 들인 만큼 그에게 돈을 쓰고,
점집에 전화하는 만큼 그에게 연락했다면,
우리 사랑은 매우 깊게 무르익었을 텐데.
나는 어째서 내 사랑에 그 정도의 노력도 하지 않았던 것일까.

반성하는 마음으로 나는 후배에게 대답한다.

"언제 갈 건데?"

그렇다. 나, 점 보러 가기로 했다.
남자는 나에게 미래를 제시하지 못하고 있지만
점집은 나에게 미래를 제시해줄지 모르므로.

용한지 아닌지는 보고 나서 말씀드리죠.

약도도 못 읽는 여자

S#1

내비게이션 : 100미터 전방에서 우회전입니다.

S#2

나 : 100미터 전방이 어디냐?

S#3

내비게이션 : 경로를 재탐색합니다. 200미터 전방 10시 방향입니다.

S#4

나 : 10시 방향이 어디냐?

S#5

내비게이션 : 야!! 그냥 집에 가!
나 : 집은 어디냐?

집에 들어서는데 현관 앞에 안내문 하나가 붙어 있다.
상하수도 공사로 일부 골목이 통제된다는 내용과 함께
약도가 그려져 있다.
그런데 문제는 바로 그 약도다.
아무리 봐도 공사한다는 골목이 어딘지 모르겠다.

자, 마음을 가다듬고 생각을 해보자.
여기가 우리 집이야, 근데 표시된 골목은 왼쪽이란 말이지.
응? 근데 왼쪽이 어디지? 이 뒤쪽인가? 앞쪽인가? 건너편인가?
아~~~ 젠장, 모르겠다.
그래, 나는 지도, 약도, 표지판, 화살표 기타 등등을 못 읽는 여자다.
한 번도 제대로 길을 찾아본 적 없고,
같은 길도 낮과 밤이 다르게 보이며,
수십 번 갔던 길도 다음엔 또 내비를 켜야만 하는 여자다.

이런 나를 위해, 아주 자세히 지도를 그려준 남자가 있었다.
건물에 간판 이름까지 세세하게. 한참을 그렇게 그리다 그는 말했다.
"아니다. 내가 픽업 갈게. 그냥 집에 있어."
그랬던 그가 바쁘다는 이유로 낯선 길 한복판에 나를 두고 가버렸을 때,
나는 우리의 사랑이 얼마 남지 않았음을 눈치 챘지.

지금? 지금도 물론 나는 길을 찾지 못한다.

그래도 다행인 것은,
얼마 전 후배가 길 찾기 어플을 깔아주었다는 것이다.

"언니, 이것만 있으면 어디든 찾아갈 수 있어요."

'네이버 길찾기'라고 쓰여 있다.
오~ 참으로 자세한 길 안내다. 좋다.
더 좋은 것은,
이 어플은 어떠한 경우에도 나를 떠나지 않을 거라는 점이다.

근데요, 저는 왜 이 어플로도 길을 못 찾겠죠? 엉엉.

했다면

경기도 남양주시 조안면 북한강로 856-37에는
'왈츠와 닥터만'이라는 카페가 있다.
10년 전쯤 친구의 소개로 알게 된 카펜데
카페 정원 앞으로 북한강이 흐르고 건물 뒤로는 산이 감싸고 있으며
커피 맛은 짙고 풍부한 낭만적인 곳이다. (PPL 아닙니다.)
그곳에서 커피를 마실 때마다 나는 입버릇처럼 말하곤 했다.

"이런 데서 원고 쓰면 정말 글이 술술 나올 텐데."

나 지금, 거기서 원고 쓰고 있다.
정말 글이 술술 나오기는, 개뿔이다.
옆에 앉은 남녀가 부부인가, 불륜인가를 의심하고
테이블에 벨이 없으니 커피 리필을 하려면
손을 들어야 하나, 웨이터를 불러야 하나,
목소리의 크기는 어느 정도여야 하고 타이밍은 언제인가를 고민한다.
지금 저 북한강에서 수상스키를 타는 사람은 샤워를 어디서 하는 거지?,
궁금해하다가, 난 그게 귀찮아 못 타겠네, 하며 수상스키를 단념한다.

또 러시아워에 걸리지 않으려면
여기서 몇 시에 나가야 할까를 계산하다가
이럴 바엔 여기 왜 온 거야, 후회하는 것이다.

그래서 이제 어떠한 경우에도
~했다면 ~했을 텐데, 라는 생각은 하지 않기로 한다.
그 남자와 헤어지지 않았다면 지금 난 결혼했을 텐데, 라든가
내가 잘 참는 인간이었다면 결혼을 했을 텐데, 라든가
결혼했다면 난 외롭지 않았을 텐데, 라든가 하는 그런 생각들 말이다.

막상 와보니 글이 꼭 잘 써지는 건 아니었던 오늘처럼
막상 결혼했다 해도 내 생각만큼
행복이 가득한 집은 아니었을지도 모를 테니….

'~했다면' 병에 걸리면 안 돼요.
인생 전체가 후회로 몸살을 앓게 됩니다.

헤어스타일

S# 1

송혜교 단발머리

S# 2

임수정 단발머리

S# 3

최강희 단발머리

S# 4

고준희 단발머리

S# 5

송혜교 / 임수정 / 최강희 / 고준희

이들의 공통점은, 헤어스타일이 아니라 얼굴이 예쁘다는 것.

남자들은 긴머리를 좋아한다는데...

머리를 단발로 잘라야겠어, 라고 생각한 순간,

네이버 폭풍 검색에 들어갔다.

송혜교, 임수정, 최강희, 고준희, 황혜영, 차예련, 정유미, 박소담….

이들의 단발머리가 참 예쁘다.

이중 임수정의 단발머리를 캡처하고 미용실에 가려던 순간,

나는 머뭇거렸다.

과거, 자신은 긴 생머리를 한 여자가 좋다는 그의 말이 떠올라서였다.

혹시라도 그를 다시 만나게 된다면?

그래, 남자들은 긴 생머리를 좋아한다던데?

결혼식을 생각해봐, 단발은 올림머리가 안 되지 않나?

결국, 난 단발머리를 포기했다.

그렇다, 나는 있지도 않은 남자친구를 위해 살고 있다.

언제쯤 나 자신을 위한 삶을 살게 될까요?

연애코치

친구가 오랜만에 호감 가는 남자를 만났단다.
우연히 친구의 전시회에 갔다가 알게 된 남성인데,
결혼을 안 한 게 확실한 것이
얼마 전 여자친구와 헤어졌다는 얘길 들었다는 것이다.
친구의 친구들은 환호성을 질렀다!
다른 조건 다 차치하고,
나이 마흔 넘어 호감 가는 남자를 만난다는 게 어디 쉬운 일인가?
그때부터 싱글여성 다섯이 모여 연애코치를 시작했단다.

"먼저 영화를 보자고 해봐."

"안 돼! 여자가 적극적이면 남자가 물러선다고!"

"요즘이 어떤 시댄데 그런 구시대적인 생각을 하니?"

"요즘은 새 시대지만, 그 남자는 마흔이 넘었으니까 구시대거든?"

"그러네. 그럼 유도만 하자. 뭘로 미끼를 던지지?"

"라면 먹고 가겠느냐고 물어볼까?"

"영화 찍냐?"

"이래서 우리가 아직 싱글인 거야."

"그 남자 페이스북 하지? 거기 댓글을 남겨보자."

"그래, 그래, 그래."

그래서 싱글여성 다섯은 휴대폰 앞에 우르르~ 머리를 맞댔다.
그러다 페이스북에 새로 올라온 그 남자의 글 한 줄에
모두들 입을 다물었단다. 그 글의 내용은 이랬단다.

저의 금연을 두고 여자친구와 내기를 했어요.
금연하기 좋은 방법 아시는 분~?

"여자친구? 헤어졌다며?"
"그새 다시 만난 거야?"
"새 여자친구 아닐까?"
"헤어진 지 한 달 만에 새 여자친구?"
"바람둥이 아냐?"
"뭐가 중요해. 남의 남잔데. 술이나 마시자."

그날 친구와 그 친구들은 술을 마시며 기도했단다.
그 남자가 또 헤어지게 해달라고.
누군가의 이별은, 우리에겐 기회이므로.

아쉽게도 석 달이 지나가고 있는 지금,
그 남자는 아직 여자친구와 헤어지지 않은 모양이다.
그렇다고 우리가 그들의 이별을 위해 고사를 지내고 있는 건 아닙니다.

별똥별 떨어지던 날

8월 12일이었지, 아마.
하늘에서 유성우 쇼가 펼쳐질 거라고 했다.
그때 나는 마침 춘천 집에 있었으므로, 잘됐다 싶었다.

별똥별이 떨어질 때 소원을 빌면 이뤄진다기에 소원을 쓰려는데,
어? 내 소원이 뭐지?
그랬다. 난 딱히 소원이 없었다.

나는 소원을 '통일'이라고 빌 정도로 애국자도 아니고
그렇다고 '만수무강'할 정도로 오래 살고 싶은 마음도 없다.
결혼은 별로 원치 않으니 '결혼하게 해주세요'도 아니고
그러다 결국 나는 '집 사게 해주세요'로 소원을 정했다.
별똥별이 떨어지는 시간은 순식간이니, 문장 길이를 줄여야 할 거 같아
'자가 주택' 이렇게 딱 떨어지는 네 글자도 찾아냈다.

자, 이제 별똥별이 떨어지기만 하면 되는 거야, 라는 생각도 잠시
고개를 쳐들어 하늘을 보는데 뒷목이 뻐근하다.
도대체 별똥별은 언제 떨어지는 거냐! 소원 빌다 사람 잡겠네!
에라이, 잠이나 자자.

그리하여 나는 '자가 주택'이라는 소원을 빌지 못한 채, 잠이 들었다.

하지만 오히려 잘된 것도 같다.

아침에 눈을 떴을 때

내 소원은 '자가 주택'이 아니라는 걸 깨달았기 때문이다.

그래, 나의 소원은 '사랑하리'였지.

집은 돈을 모으는 노력으로 언젠가는 살 수 있겠지만,

사랑은 노력으로 되는 게 아니니까.

다음번 별똥별이 떨어지는 날엔

'사랑하리'라는 소원을 빌 수 있게 되길 바라는

이 소원이 이뤄지는 게 내 소원입니다.

조카 주환이도 소원을 빌었단다. 주환이가 빈 소원은 자신의 건강.

그러자 주희가 화를 내며 말했다.

"와, 어떻게 고3인 누나가 있는데, 지 건강을 소원으로 빌 수가 있어?

누나 대학 합격을 빌어야 되는 거 아냐? 이기적인 자식!"

별똥별 그게 뭐라고, 조카들은 또 싸운다.

이 귀여운 조카들 인생에 사랑이 가득하길 바라는 것도 내 소원입니다.

기계 세차

출근길, 주유소에 들러 기름을 넣고 기계 세차를 했다.
기계 세차를 할 때마다 참 신기하게 보는 것이 있는데, 바로 물방울이다.
보통의 물방울은 위에서 아래로 떨어지지만,
기계 세차를 할 때는 차창에 맺힌 물방울들이 위로 흩어진다.
바람 탓이다.
분명 아래로 흐르고 싶을 텐데
억지로 떠밀려 위로 올라가는 물방울들을 보자니
흡사, 우리 같다.

세차를 하고 나오니,
하얀 걸레를 들고 내 차로 달려오는 아저씨가 보인다.
아저씨는 걸레를 쫙 펴 차창의 물기를 닦는다.
걸레질 사이로 보이는 거리를 걷는 사람들.
저기 저 길을 가는 사람 중에
자기가 가고 싶어서 걷고 있는 사람은 얼마나 될까.
집에 가야 한다는 의무감, 상사의 심부름, 거절할 수 없는 고객과의 만
남, '지금 나와' 하면 바로 달려 나가야 하는 을의 연애, '학원 안 가니?'
부모의 등살에 뛰어가는 학생들.

"다 됐습니다!"

주유소 아저씨의 외침에, 깜짝 놀라 기어를 풀었다.
오늘 같은 날은 그냥 어디 멀리 떠나고 싶은데,
나는 가양대교를 건너 회사로 가고 있다.
마치, 바람에 떠밀려 오르던 기계 세차의 물방울처럼.

언제쯤 떠밀려 살지 않게 될까요?
언제쯤 자유롭게 원하는 일을 하며 살 수 있을까요?

미니멀 라이프 1.

나도 미니멀 라이프로 살아야겠어, 라고 결심한 지 3초 만에
《오늘부터 미니멀라이프》를 구매함으로써 나는 미니멀 라이프에서
멀어졌다.
아냐, 그래도 오늘 옷을 세 개나 버렸잖아, 라고 뿌듯한 지 3초 만에
홈쇼핑에서 티셔츠 6종 세트를 구매했다.
(6종에 3만 9,000원이었다고요!)

내가 미니멀 라이프를 결심한 이유를 따지고 올라가 보면,
그 원인은 생리통이다.
원래 그다지 생리통이 심한 사람이 아닌데,
유난히 배가 아팠던 날
약을 모아둔 서랍을 뒤지다가 세 가지 생리통 약을 발견했다.
음, 다행이군, 이라는 안도도 잠시.
유통기한이 2011년이라고 쓰여 있었다. 웅? 나는 잠시 생각했다.
지난 5년간 생리통 약을 찾을 일 없었던 것은 축복인가, 게으름인가?
그때부터 아픈 배를 부여잡고 다른 약들도 살펴보기 시작했다.
일회용 밴드는 이미 빛에 바래
저절로 껍데기와 내용물이 분리돼 있었고,
모기 물렸을 때 바르는 물파스 같은 약은 표면이 말라 있다.

약간의 비염 때문에 하나씩 사둔 콧물약은 무려 여덟 가지나 되었고,
물론 유통기한은 한참 지나 있었다.

그날, 약과 포장상자를 분리해 쓰레기봉투에 넣으며 나는 결심했다.

"이제부터 미니멀한 삶을 살겠어."

그리고 슬리퍼를 질질 끌고 약국으로 가던 길,
생리대를 사기 위해 올리브영에 들렀다가 귀신에 홀린 듯,
무려 8만 9,000원어치의 물건을 사들고 나왔다.
8만 9,000원어치의 물건 중에는
계산대에서 발견한 '스키니 립스틱'인가 뭔가가 있었고
(집에 이미 오십 개의 립스틱이 있는데…)
30퍼센트 세일이라는 두피샴푸
(집에 이미 선물받은 샴푸세트가 세 개나 있는데…)
그리고 여행 갈 때 유용할 거 같아 산 드라이샴푸
(여행 계획도 없는데…)도 있었다.

이런 짐승적인 쇼핑을 하는 내가 과연 미니멀한 삶을 살 수 있을까?
미니멀이 아닌 애니멀한 삶을 사는 내게, 엄마는 말씀하셨다.

"돈지랄."

그러면서 덧붙이셨지.

"에휴, 혼자 사는 데도 짐이 이렇게 많으니, 둘이 살았으면 벌써 집 터졌
겠다."

나는 정녕 미니멀 라이프를 실행할 수 없는 인간인 걸까?

하루에 하나씩만 버리자고 생각하고 있어요.
오늘은 양은냄비를 버렸지요.
당신은 무엇을 버릴 수 있나요?

미니멀 라이프 2.

S# 1

저는 물건을 산 후, 상자를 버리지 못합니다.

S# 2

그래서 베란다에는 상자들이 가득합니다.

S# 3

상자를 모으기 시작한 것은, 오래전 그의 말 한마디 때문인 것
같습니다.

미니멀한 마음으로 살겠습니다.

S# 4

그 : 이런 박스들을 함부로 버려선 안 돼.
나중에 중고로 팔 때 박스가 있냐, 없냐에 따라 가격 책정이 달
라지거든.

S# 5

맞는 말이라고 생각했습니다.
그래서 여적 버리지 못하고 있지만….

S# 6

저는 태어나서 중고 거래를 해본 적이 없습니다. 43년간, 단 한
번도.

S#7

이제 버려야겠습니다. 상자도, 그의 말도.

S#8

미니멀한 마음으로 살겠습니다.

미니멀 라이프 3.

지금 생각해보면, 내 친구인 그녀는
일찍부터 미니멀 라이프로 살고 있었던 거 같다.
그녀의 집에 가 보면 거실에는 소파가 없고 오직 책상과 책장만 있다.
텔레비전은 앞이 볼록 나온 오래된 '브라운관 TV'이고,
화장대는 책장 한 칸이 대신한다.
침실에는 정말 딱 침대만 있고 말이다.

내가 '너희 집에 전신거울을 선물하고 싶다'고 했을 때
그녀는 말했다.

"나는 짐이 늘어나는 게 싫어. 언제 훌쩍 떠나고 싶어질지 모르니까.
짐은 늘 최소한으로만 갖고 있을 거야."

그러고 보니, 그녀는 여행을 갈 때도 정말 딱 필요한 물건만 가져왔다.
1박 2일 여행에도 쓸데없는 것까지 다 싸가지고 가는 나와는
정말 달랐던 것이다.
그래서 나는 그녀가 참 멋지다고 생각했다.
언제 훌쩍 떠날지 모른다니!
아, 이 얼마나 바람직한 싱글여성의 모습이란 말인가!

그런데 그랬던 그녀가 결혼을 하겠단다. 응?
그러면서 혼자 살 땐 일부러 없앴던 소파를 비롯해
다양한 신혼가구도 보러 다니고. 응?
남편 될 사람에겐 짐을 줄여서 가져오라고 말하면서
자기 짐은 다 챙긴단다. 응?

결국 그녀의 미니멀 라이프는
결혼할 때 모든 걸 사기 위한 전략이었단 말인가?
결혼은 왜 이토록 내 친구의 삶을 바꾸어놓는 것인가!
그래서 나는 결혼이 야속하다,
많은 사람들이 결혼 때문에 변하고 있으므로.

혹시 말이야, 나도 결혼하면 정반대로 변하지 않을까.
짐이 반으로 준다거나, 라고 말했을 때, 선배 언니가 말했다.
"장담하는데 세 배로 는다."

골키퍼 사랑

유난히 무더웠던 어느 여름날,
맨유 vs 사우스햄튼 축구 경기를 보고 있는데 후배에게서 전화가 왔다.

그 후배로 말할 거 같으면
요즘 한참 짝사랑으로 가슴앓이를 하고 있는 35세 싱글여성이다.
친구들은 애 보느라 밥이 입으로 들어가는지
코로 들어가는지 모를 이때
그녀는 그를 보느라 밥 대신 눈물과 콧물을 들이켜고 있는 것이었다.

회사에서 같이 일을 하다가 정이 들었다는 그는,
그녀보다 다섯 살 어린 남자였다.
서글서글한 눈매에 매너도 좋아서 후배가 생수통이라도 없을라치면
냉큼 다가와 "제가 할게요"를 외치는 남자.
점심을 먹으러 나가면 후배를 인도 안쪽으로 걷게 하고
자신이 차도 쪽으로 걷는 남자.
카페에서는 "아메리카노, 시럽 없이 드시죠?" 하고
알아서 주문해주는 남자.
사내 등반대회라도 가는 날엔, 후배 몫까지 오이를 깎아오는 남자.

요즘 세상에 남자, 여자가 어딨어? 그냥 먼저 고백해, 라는 말은 하지 못했다.

내 성격이 그렇지를 못하니, 후배에게도 권할 수 없는 일이다.

그러나 후배는 내 마음을 이미 읽은 듯, 말했다.

"먼저 고백할 수도 없어요. 왜냐면 여자친구가 있거든요."

어느 날, 야근하는 그를 위해 도시락을 싸왔다던 그의 여자친구.

그보다 다섯 살이 어리니, 자기보단 열 살 아래인 여자라며,

자기가 그런 핏덩이를 어떻게 이기겠느냐고, 후배는 한숨을 쉬었다.

그러면서 후배는 말했다.

"그래도 그냥 마음가는 대로 잘해주려고요.

제 마음에서 억지로 밀어내진 않을 거예요.

아프긴 하지만, 서른다섯의 짝사랑은 견딜 만하거든요."

후배와 전화를 끊고, 다시 축구 중계를 보는데 골키퍼가 눈에 들어온다.

공격하고 있는 자기 팀 선수들을 초조하게 바라보는 골키퍼.

그리고 보니 골키퍼는 늘 뒤에서 응원하고 있구나.

선수들의 등을 바라보며, 한 골 넣어주기를 간절히 기도하겠지.

넘어진 선수에게 뛰어갈 수도, 그렇다고 직접 가서 공을 찰 수도 없어서

늘 자기 자리에서 골문을 지키며 마음을 졸여야 하는 골키퍼.

후배의 짝사랑 역시 그러하리라.

앞에 나서지도 못하고, 등 뒤에서 응원하는 사랑.

그러나 기대해본다.

공격과 수비가 바뀌어 선수들이 골키퍼에게로 달려오는 그런 날도 오

지 않을까.

어제 들은 정보로는 후배의 짝사랑 그 남자가 연인과 헤어졌단다.

자신의 새벽기도 때문이었나, 마음이 편치 않다는 후배.

그런 그녀의 여리고 착한 마음이 하늘에 닿은 것이 아닌가 생각해본다.

영화와 남자

나는 숫자나 날짜에 대한 기억력이 약하다.
그래서 그 남자를 언제 만났는데?, 라고 물으면 바로 대답을 못한다.
하지만 이렇게는 말할 수 있다.

"음, 그게 〈아저씨〉를 같이 봤으니까, 검색해보면… 아, 2010년도다!"

그래서 당시 함께 본 영화는
나의 연애 기억에 매우 중요한 역할을 한다.
연도뿐만 아니라 상대방에 대한 아주 세세한 느낌이
영화와 더불어 기억되기 때문이다.

〈아저씨〉를 같이 본 남자는 정말 외모가 아저씨 같았고,
(원빈 말고요.)
〈본〉 시리즈 1, 2, 3은 본의 아니게 모두 다른 남자들과 봤다.
(바람둥이는 아닙니다.)
〈베테랑〉은 영화를 보다 내 손을 잡는 스킬이 너무 능숙해서
'연애 베테랑인데?'라는 생각을 잠깐 했고,
〈트랜스포머〉는 잘됐으면 좋겠다, 하는 남자와 봤지만
그가 술 마시고 변신인간이 되는 바람에 시작도 전에 선을 그었다.

얼굴도 이름도 희미해졌지만,

영화를 함께 본 순간은 섬세하게 떠오르는 나의 기억.

아마도 영화를 보며 나는 생각했을 것이다.

내가 주인공인 내 인생이란 영화가 해피엔딩이었으면 좋겠다고—.

그러나 지금 혼자인 나를 보며, 그들은 말하겠지.

그렇게 잘난 척하더니, 새드엔딩이네, 그거 참 쌤통이다!

그들에게 말해주고 싶다.

"아니, 그냥 열린 결말이지. 내 인생은 아직 끝나지 않았는걸!"

올해 최고 흥행작은 그와 함께 보면 좋겠다.
나와 함께 영화 볼 당신, 어디에 있나요?

낭만에 대하여

갑자기 비가 내렸다. 아니 폭우라는 표현이 더 맞겠다.
공영주차장에서 집까지 걸어오는 동안,
우산을 썼음에도 불구하고 흠뻑 젖고 말았다.
처음에는 어떻게든 비를 피해보려고 애를 썼는데,
때마침 바람이 불어 비바람에 등이 흠뻑 젖고 나니,
에라 모르겠다, 이왕 이렇게 된 거 다 빨아 널어야겠다, 생각하고
천천히 걷자 싶었다.
그렇게 결심하자, 폭우는 이내 낭만이 되었다.

이렇게 다 젖도록 비를 맞으며 걸어본 게 언제던가.
아주 어릴 때 빼고는 참으로 오랜만이다.
아, 빗속을 홀로 걷는 기분, 묘한데?
내 쪽으로 우산을 치우쳐 받쳐주다가
자신의 한쪽 어깨가 다 젖었던 그 남자는 지금 뭘 하며 살고 있을까.

이런 낭만적인 생각을 하느라
베란다 창문을 열어놓고 나왔다는 사실을 깜박 잊었다.
설령 생각났다 해도 뭐 어떠랴 싶었을 거다.
그까짓 것 걸레질 몇 번 쓱쓱 하면 되겠지.

아, 이렇게 비와 함께 추억이 된 아름다운 낭만, 은 개뿔이다.
현관에 들어서서 거울을 보는 순간,
옷은 물론 가방까지 흠뻑 젖었다는 사실을 알았다.
베란다는 열어둔 창문으로 비가 들이쳐 한강이 되었고,
심지어 널어놓은 빨래도 비를 맞아 다 다시 빨게 생겼다.
이 베란다로 말할 거 같으면
내가 며칠 전, 구연산으로 바닥을 박박 밀어 대청소를 마친, 그런 곳이다.
그런데 빗물 범벅이 되었다! 아, 짜증 나.
창틀에 빗물이 고인 김에 청소나 하자, 해서 시작된 창틀 청소는
1시간이 넘도록 끝나지 않았고,
심지어 방충망을 닦다가 방충망을 창밖으로 떨어뜨려버렸다.
다행히 중간에 걸려 길에 떨어지진 않았지만, 주울 수는 없는 높이다.

"오, 신이시여, 저한테 왜 이러세요, 정말!"

써야 할 원고가 산더미인데,
그 모든 것을 뒤로 하고 젖은 빨래를 돌리면서
베란다를 걸레질하고 바닥엔 신문지를 깔아놓고
젖은 신발에는 신문지를 구겨 넣어 습기를 제거했다.

이날 내가 깨달은 것은, 낭만은 7분이지만 개고생은 70분이라는 사실.
그래도 7분간의 추억으로 행복하지 않았냐고 물으신다면,
"별로요!"
이런 이유로,
사랑했던 잠깐의 추억으로 남은 인생 외로워도 행복하다, 라는 사람을
나는 이해하지 못한다.

추억은 추억이고 남은 인생은 남은 인생이니까.
추억을 곱씹으며 힘을 내기엔 현실이 너무 피곤하다.

추억이 정말 힘이 되던가요?

feat. 염세주의자

소문의 진실

방송국에서 일한다는 이유만으로 지인들은 종종 내게 묻는다.

"그러니까 그 감독하고 배우 A가 진짜 사귄다는 거야?"
"지라시에 나오는 B라는 가수가 도대체 누구야?"
"열애설이 사실이 아니라는 게 사실이야?"

나는 말하고 싶다.

"여러분, 저는 디스패치가 아닙니다."

하지만 내가 모른다고 하면 또 이런다.

"에이, 그러지 말고 털어놔봐. 알고 있잖아."

그런데 놀랍게도 진짜 모른다.

내가 아는 것은 뉴스에 보도되는 내용이 전부다.

방송국에 다니니까 연예계 X-파일의 진실을 알고 있을 거야.

이렇게 생각한다면 오햅니다, 여러분.

저는 제 소문에조차 둔감하니까요.

후배 작가들은 종종 내게 와 이렇게 말한다.

"언니, 그 작가랑 그 피디랑 일을 안 하는 이유는 싸워서라는 소문이 있어요."

"언니, 그 피디와 그 작가가 한때 사귀었다는 소문이 있어요."

"언니, 두 사람이 극장에서 나오는 걸 봤다는 소문이 있어요."

"언니, 그 작가가 KBS에서 콜을 받았다는 소문이 있어요."

그런 얘기를 들을 때마다
어쩌면 나에 대한 소문도 돌고 있지 않을까, 생각한다.
이러쿵저러쿵 뒷담화의 주인공이 되었을 수도 있겠지.
(저에게 관심없는 사람이 더 많겠습니다만, 워낙 좁은 바닥인지라.)
그리고 그런 소문과 뒷담화 속에는
내가 알면 억울해할 일도 분명 있을 것이다.
그리하여 나는 수년간 눈과 귀를 막고 사는 것이 습관이 되었다.
남의 소문을 들으면 발설하고 싶어질 테고,
내 소문을 들으면 따지고 싶어질 테니.

하여, 나는 정보가 늦다.
그렇게 정보 없이 어떻게 처세하며 살겠느냐고
한심해할지도 모르겠다.
그런데 조금 살아보니 정보에 따라 이리저리 부리는 그 처세술이
나중에는 화를 불러오기도 하더란 말이지.
그러니 그냥 이렇게, 나대로 사는 수밖에.
눈감고 귀 막고 모르는 게 약인 채로.

근데 이상하죠?

증권가 지라시는 최초 유포자를 잘도 찾아내던데

사내 지라시는 최초 유포자가 없어요.

다들 자기도 들은 얘기라고만 하니, 쩝.

충동적인 삶

계절은 생각나지 않는다.
일을 하다가 문득, '바다'가 보고 싶었던 기억밖에는.
그래서 말했다.

"우리 방송 끝나고 바다 보러 갈래?"
"그래, 그래! 신난다, 언니!"

그렇게 밤 방송이 끝나고 함께 일하던 작가 셋은
무작정 '서해'를 향해 떠났다.
그리고 안면도에 차를 세우고 바다를 향해 앉았던 우리.
푸른 파도가 마음속까지 들어와
피곤으로 물든 우리를 어루만져주었다, 는 개뿔이다.

"얘들아, 뭐가 좀 보이니?"
"깜깜해서 아무것도 안 보여요."
"여기 누가 오자 그랬니?"
"언니가요."
"그랬지? 그래도 파도 소리는 좋잖아."
"시끄러운데요?"

"그런가? 음, 근데 우리 오늘 어디서 자니?"

그랬다. 우리는 숙소도 정하지 않고 무작정 달려왔던 것이다.
하는 수 없이, 동이 틀 때까지 일단 차에서 자기로 한 우리는
차 안에서 각자 몸을 쪼그리고, 눈을 감았다.
그리고 하나둘 털어놓았던 비밀 얘기, 힘든 얘기, 가족 얘기.
뭐가 그리 슬펐는지 울다가, 웃다가, 깔깔대다가, 잠깐 졸다가―.
날이 밝을 때까지 한참을 떠들었다.

"어? 해 떴다!"

밝은 태양 아래 펼쳐진, 어제 보지 못했던 바다.
그 바다를 보며 우리는 한동안 침묵했다.
그리고 그때 나는 생각했다,
오늘의 이런 충동적인 삶을 잊지 않겠노라고.
준비 없이 무작정 떠난 짧은 여행의 맛을
나이가 든 후에도 꼭 느끼며 살겠노라고.

안타깝게도 이날의 멤버로는
충동적인 여행을 재연할 수 없을 것 같습니다.
며칠 전 그날처럼 무작정 떠나자고 했을 때, 후배가 말했죠.
"우리 애 때문에 안 돼. 나 없으면 울어."
결혼과 충동적인 삶은 병행할 수 없는가 봅니다.

04

당신은
어떤 계절을 보내고 있나요?

그 남자의 동절기

한겨울, 춘천 집 2층 화장실에서 창밖을 바라보며 이를 닦는데
왠지 모를 스산함이 느껴졌다.
가을 내내 사과로 꽉 차 있던 앞집 과수원은 텅 비어 있고
우리 집 잔디도 기력이 없다.
마당의 수도는 얼까 봐 꽁꽁 싸매어 형체를 알아볼 수 없고
꽉 접힌 파라솔은 장독 안에 눌러놓은 오이지 같다.

다른 계절엔 이렇지 않았다.
봄에는 파릇하고 따뜻했다.
여름에는 태양은 뜨거워도 그늘은 시원했고
간간이 불어오는 바람에 '그래 이 맛에 사는 거지'라는 생각도 했다.
가을은 또 어떤가.
모든 자연이 풍요로워 내 것이 아니어도 배가 불렀는데.
그런데 겨울은, 흠, 조직 폭력배의 지하실 같은 느낌?
(물론 가보진 않았습니다만.)

그래서 이게 정말 사랑인지 아닌지 내 마음 나도 모를 때
그 남자의 겨울을 생각해보기로 했다.
그의 인생이 스산하고, 기력 없고, 장독 안에 눌러놓은 오이지 같을 때
그때도 그를 좋아할 수 있을까?
만약 그렇다면 그건 사랑일 것이다.
그가 일이 안 풀려 돈을 벌어오지 못하고 성질만 버럭버럭 낸다 해도
따뜻한 그의 봄날을 함께 기다릴 수 있다면,
그건 사랑일 것이다.

그 남자의 동절기를 품을 수 있는 사랑이라니!
왠지 성숙한 인간이 된 것 같아 기분이 좋군.
더불어, 그도 나의 동절기를 사랑해주기를….

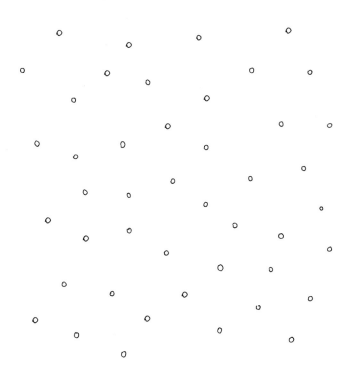

당신의 연인은 어떤 계절을 보내고 있나요?

비와 눈

우리 집에서 빗소리가 가장 잘 들리는 곳은, 화장실이다.
화장실 창문을 열어놓으면 떨어지는 빗소리가 크고 또렷하게 들린다.
그래서 양변기에 앉아 빗소리를 들으면
거참 비가 많이도 오네, 나가지 않아도 상황을 알 수 있는 것이다.

그러나 눈은 다르다. 눈은 소리가 없다.
뭣 모르고 무심코 나갔다가,
대박, 눈 오는 거야? 아씨, 오프닝 다시 써야 되잖아,
하며 서둘러 출근하는 상황이 종종 생기는 것이다.

굳이 남자를 두 부류로 나눈다면, 눈 또는 비와 같지 않을까.
겪어보지 않아도 말투와 행동에서 모든 게 다 드러나서,
아, 이런 사람이구나~, 단번에 알 수 있는 '비' 같은 남자가 있고
(가수 비가 아닙니다.)
직접 겪어보기 전까진 어떤 사람인지 당최 알 수 없는
소리 없는 '눈' 같은 남자가 있는 것이다.

한때 '눈' 같은 남자가 멋있다고 생각한 적이 있었다.

뭔가 미스터리하면서도 멜랑콜리하고 오서독스하게 분위기 있달까.

그런데 나이가 들고 보니,

그런 남자가 바람피우기 딱 좋은 남자란 걸 알게 됐다.

한마디로 너무 음흉하단 말이지.

그래서 나는 '비' 같은 남자가 좋다.

겉으로 다 드러나는, 전방 300미터 전부터 전화해대고,

이름 부르고 난리 치는 남자.

난 그런 남자가 좋더라~.

현재 중부 지방에 집중호우로 비가 억수같이 쏟아지고 있다.

빗소리가 너무 시끄러워 잠을 잘 수가 없다.

다시 생각해봐야겠다.

집중호우 같은 남자라면 너무 시끄러울 수도 있겠어.

화풀이

2016년 새해 나의 목표는 '화나게 만든 사람에게 화내기'였다.
뭐 그런 당연한 걸 목표로 삼아요?
하면서 한심해하는 분도 있을 수 있겠다.
그러나 나는 나를 화나게 만든 사람에게 화내는 것이 너무도 힘들었다.
나를 열 받게 한 피디에게는 한마디도 안 하면서,
별일 없느냐고 안부를 묻는 엄마에게
뭘 그런 걸 매일 묻느냐고 짜증을 냈다.
나를 화나게 한 남자친구의 행동은 꾹 참으면서,
마침 딱 그날, 겨우 10분 늦은 친구에게는 불같이 화를 냈던 것이다.
대한민국 차 막히는 게 어제오늘의 일이냐면서.

그 이유를 가만히 생각해보니
내가 항상 '을'의 입장이라고 생각했기 때문인 거 같다.
화를 냈다가, 까칠한 작가라고 평판이 나빠질까 봐,
화를 냈다가, '너 이런 여자였어?'라며 그가 나한테 실망할까 봐,
나는 항상 있는 힘껏 참아왔던 것이다.
그러나 이젠 안다.
내가 화를 참는다고 해서, 그들이 나를 '갑'으로 승격시켜주거나
참을성 좋은 인간으로 칭송해주지 않는다는 것을.

그들은 그저 '내가 원래 남을 화나게 만들고 그런 사람이 아니야'라고 자기 좋을 대로 해석하며 우쭐해할 것이다.

그러니 더 많이 사랑해서 '을'이라고 생각하는 분들께 말하고 싶다.
화는 화나게 만든 애인에게 낼 것!
화풀이하느라 애먼 사람들을 잡지 말 것!
어차피 곁에 남을 사람은 내가 화를 내도 남고,
떠날 사람은 꾹 참아도 떠나니 말입니다.

'화나게 만든 사람에게 화내기'를 실행에 옮겼더니, 이런다.
"나이가 드니 화가 많아지셨나 봐요. 그게 다 히스테리예요."
진짜 히스테리가 뭔지 한번 보여줘욧?!

내 마음대로

건강검진을 하면서 하복부 초음파를 신청했다.

검사실에 들어가니 방광에 물이 차야 정확한 검사를 할 수 있는데,

물이 덜 차서 보이질 않는단다.

물을 일곱 컵 정도 마시고 오라고 해서, 여덟 컵을 마시고 갔다.

근데 아직 물이 덜 찼단다.

화장실 가고 싶다는 느낌이 강하게 와야 한단다.

또 물을 마셨다. 요의가 느껴지지 않는다.

또 물을 마셨다. 아무런 느낌이 없다. 또 물을 마셨다. 토할 거 같다.

또 물을 마셨다. 젠장, 검진하지 말까?

또 마셨다. 이게 사람이 할 짓이냐? 또 마셨다. 차라리 죽여라.

또 마셨다. 나는 전생에 정수기였나?

그즈음 깨달았다.

나는 내 몸조차 마음대로 조종할 수 없다는 것을.

그리고 후회했다, 그를 조종하려 했던 나의 과거를.

화가 난다고 해서 내 문자를 씹지 말라고—

싸웠다고 해서 그 자리에 날 두고 가지 말라고—

기념일엔 작더라도 꼭 선물을 해달라고—

그 선물에 편지가 없으면 안 된다고—

위로가 필요한 날엔 혼자 있지 말고 나를 찾으라고—

이런 쓸데없는 물건 다신 사지 말라고—.

왜 그렇게 그를 조종하려 들었을까.

그날, 속으로 그에게 정중히 사과했다.

"그때는 미안했습니다."

그리고 또 한 잔 물을 마셨다. 그제야 비로소 화장실에 가고 싶어졌다.

후회했다.
그를 소중하려 했던

과거의 나를...

그날 건강검진은 성공적으로 잘 마쳤습니다.

신체 나이 38세가 나왔고요.

네, 5년 젊게 살고 있습니다. 하하하.

황혼부부

70대 노모가 7세 아이처럼 넘어지셨다.
정말 순식간에 일어난 사고였다.
카페 계단 끝에 발이 걸려 픽— 고꾸라지신 것이다.
엄마는 짧은 비명 소리 하나 없이 고꾸라진 그 모습 그대로
엎드려 있었다.

"엄마, 괜찮아?"
"아이고, 어쩜 이렇게 넘어지니."
"지금 남 얘기해?"

엄마는 아무렇지도 않게 웃고 있었지만 턱에선 피가 나고 있었다.
바지를 걷어보니 무릎도 깨졌다.

"못살아, 진짜."

지켜보고 있던 아빠가, 괜찮다고,
나이 들면 다리에 힘이 빠져 그러는 거라고 나를 위로했다.
엄마 아빠를 약국 앞에 먼저 내려드리고 주차를 한 후
약국에 들어서려던 나는 멈칫 그 자리에 섰다.

아빠가 호호 불어가며 엄마 턱에 연고를 발라주고 계셨기 때문이다.

"조심 좀 하지."
"아, 아, 아~."

넘어진 71세 여자와 아내 턱에 연고를 발라주는 75세 남자.
젊은 날, 그들의 싸움이 치열했다 해도
노년에 이렇게 서로의 상처에 연고를 발라줄 수 있다면
이 부부의 결혼은 성공이라고 말해도 되지 않을까.

혹시 오해의 소지가 있을 수 있어 밝히지만
우리 부모님은 잉꼬부부가 아닙니다.
엄마는 하루에도 몇 번씩 나에게 전화를 걸어 아빠 흉을 보시고,
그럴 때마다 나는 이렇게 말했습니다.
"엄마, 그냥 이혼해. 황혼이혼도 괜찮아."
그러나 이젠 말을 바꿔야겠습니다.
"엄마, 그냥 살아. 그래도 인생 말년에
엄마 턱에 연고 발라줄 사람은 아빠밖에 없잖우."

삼계탕 집 아주머니와의 대화

어버이날 온 가족이 삼계탕 집에 갔을 때의 일이다.
아주머니가 닭살을 찢으시다가 갑자기 나를 보고 물었다.

"결혼 안 했죠?"
"네."
"그런 거 같더라. 나도 쉰이 넘었는데 안 했어요."
"아, 네."
"안 하니까 좋죠?"
"네."
"나도 좋아. 근데 나중에 늙어서 이런 어버이날 찾아올 자식이 없는 거,
그게 좀 외로울까 싶긴 하지만."
"자식이 있어도 그 자식이 찾아온단 보장도 없죠."
"그렇죠? 우리 대까지나 자식이 부모 챙기지, 요즘 애들이 자기 부모 챙
길까."
"제 말이요. 근데 왜 결혼을 안 하셨어요?"
"그게 평생 같이 살고 싶은 남자가 없더라고."
"하하하. 그죠?"
"그러니까… 하하하. 혼자가 좋아."

그날 40대 싱글여성인 나와 50대 싱글여성인 삼계탕 집 아주머니는
그렇게 싱글 예찬론을 펼치며 수다를 떨었다.

우리 두 사람의 대화가 어이없다는 듯
닭죽을 먹으며 지었던 언니와 형부의 표정은 잊도록 하자.

삼계탕 집을 나오다 아주머니와 다시 한 번 눈이 마주쳤다.
우리는 가볍게 목례를 하며 서로에게 무언의 응원을 보냈다.
아주머니는 눈으로 말했다.
'삼계탕도 먹었으니 힘내요. 커플과 기혼자가 판치는 이 세상에서!'

가출

S# 1

어느 봄날, 실직과 실연을 동시에 겪은 내 친구는

S# 2

여행이 아닌 가출을 시도했습니다.
그리고 친구 집에 기거하기로 마음먹습니다.
그녀가 가출 후 가장 먼저 한 일은

S# 3

밥을 짓는 것이었습니다.

그녀는 난생처음 냉잇국도 끓였습니다.

S# 4

그리고 흙이 씹히는 냉잇국을 먹으며 생각했죠.

냉이는 끓이기 전에 잘 씻어야 하는 거였다고―.

엄마가 해주는 음식만 먹다 보니 마흔이 넘도록 냉잇국 끓이
는 법도 몰랐습니다.

S#5

그녀는 하루 만에 다시 집으로 갑니다.

삶에 대해 모르는 게 너무 많았다며,

냉이 씻는 것부터 다시 시작하겠다고 마음을 다잡았습니다.

S#6

다시 시작합시다.

당신의 나이가 몇이든, 무엇을 잃었든.

장판을 선물한 남자

후배의 SNS에 거실 바닥 사진이 올라왔다.
인테리어 회사에 다니는 남자친구가 생일선물로 깔아준 장판이란다.
오, 색다른 선물인데? 좋군~, 이라고 생각한 것도 잠시.
보름 후 그 둘은 헤어졌다.

그런데 문제는 장판이었다.
이별한 후엔 보통 받은 선물들을 갖다 버리거나
상자에 담아 눈에 안 띄는 곳으로 치우는데
그놈의 장판은 뜯어버릴 수가 없는 거다.
아침에 눈을 떠서 거실로 나올 때마다—
회사일이 끝나고 집에 들어설 때마다—
TV를 보다가도, 물 마시러 부엌에 가다가도—
발에 밟히고 눈에 밟히는 장판 때문에 생각나는 그 남자.

"언니, 앞으로 누가 장판을 선물받는다면 전 도시락 싸들고 다니며 말릴
거예요."
"그래, 차라리 벽지가 낫지. 장판은 너무 가혹해."

그럼, 이제 어쩐다?

이별을 생각하며 선물도 가려 받아야 하나?

그래서 연인 간의 선물은 참 어렵다, 이별 후도 생각해야 하므로.

그들은 한 달 후 재회했습니다.

다시 연애합니다, 그 말도 많고 탈도 많았던 장판 위에서.

횡단보도에서

녹색 신호를 기다리는데 두 아주머니의 대화가 들린다.

"우리 아저씨, 일이 없어서 다음 한 달 쉬어요."
"아, 다들 힘드니까."
그리고 한숨조차 없었던 긴 침묵.
햇살은 따갑고 차들은 끊이지 않고 우리 앞을 지나간다.
신호는 바뀌지 않고 두 아주머니는 더 이상 할 말이 없다.
하긴 더 이상 무슨 말을 할 수 있을까.
어떤 위로도, 신세한탄도 의미가 없는 그 순간.
두 아주머니는 멀뚱멀뚱 신호등만 쳐다본다.
마치 빨리 바뀌어라, 주문을 걸듯이.

경제가 점점 더 어려워지고 있다.
해고는 늘고, 취업은 준다.
나는 1인 가구라 그나마 나 하나만 챙기면 되지만,
4인 이상의 가족을 책임져야 하는 가장은 참으로 막막할 것이다.
그 순간, 아빠의 얼굴이 떠올랐다.
4인 가족 생계를 책임지느라, 하루도 마음 편할 날이 없었을 우리 아빠.
수의사라는 직업으로, 두 딸을 대학까지 보낸 우리 아빠.

한 가정을
책임지기엔
그 무게가
너무 힘들어...

지금은 반려동물에 대한 의식이 많이 바뀌었지만,
1990년대만 해도 사람들은 반려동물에 큰돈을 들이지 않았다.
병원비가 많이 나오면 그냥 버리고 갔으니까.
동물병원이 우후죽순 늘어나면서 아빠의 어깨는 더욱 무거워졌으며,
단 한순간도 당신을 위해 마음 편히 돈을 쓰지 못했으리라.

신호가 바뀌었다.
횡단보도를 건너며 중얼거렸다.
"아빠, 고맙습니다."
그리고 이 세상 모든 가장들에게 존경을 표합니다.

싱글들에게 무작정 왜 결혼을 안 하느냐고 다그치지 말아주세요.

안 하고 싶어서 안 하는 게 아니라,

한 가정을 책임져야 하는 그 무게가 너무 힘겨워

못하는 사람도 많답니다.

사표

밤 1시가 넘은 시각으로 기억한다.

친구에게서 전화가 왔다.

좀 전에 퇴근을 했는데,

이렇게 일하는 자신이 하나도 행복하지 않다고 했다.

아니, 불행하다고 했다.

예전에는 아무리 늦게 끝나도, 일하는 게 즐겁고 설렜는데

이제는 내가 월급 받자고 이렇게까지 일할 필요가 있을까 싶단다.

주위에는 온통 갑질하는 거래처뿐이고,

그들에게 맞추기 위해 끊임없이 머리를 조아리며

영혼 없이 웃고 있는 자신의 모습에 신물이 난다고 했다.

한 달 내내 두통을 달고 살고,

어깨가 아파 물리치료를 밥 먹듯이 받는단다.

이렇게 사는 게 의미가 있을까?, 싶을 만큼 힘들다고 했다.

한 2년쯤 그냥 예전의 꿈이었던 시나리오만 쓰며 살고 싶단다.

그러면서 물었다.

"나 사표 쓸까?"

그러라고 했다. 매달 용돈은 못 줘도 밥은 사겠다고.

266

이 얘기를 들은 많은 사람들은 말할 것이다,
다들 그러면서 돈 받고 일한다고.
요즘 취업이 얼마나 어려운데 그런 소릴 하느냐고,
철이라고는 쥐똥 만큼도 없는 인간들,
그런 허세도, 이상도, 뭣도 아닌 자존심 따위 쌈 싸먹으라고.

그렇지만 나는 그만두라고 했다.
남의 일이라고 함부로 말한 것이 아니다. 철이 없어서도 아니다.
단지, 일과 헤어질 때가 온 것이라고 생각했다.
우리 같은 싱글여성들에게 일은 매우 중요하다.
남편도 없는데 일마저 없으면 안 되잖아!, 라는 생각에
악착같이 몇날 며칠을 샌 적도 있다.
음악과 결혼했다는 어느 가수처럼 우리는 일과 결혼했다.
그런데 이제 그 일과 이혼하고 싶은 것이다.

나도 때때로 방송 일에 지리멸렬함을 느낀다.
감 있는 척하는 사람들이 꼴 보기 싫고, 시청률 높다는 예능도 재미없다.
마치 서로에게 권태를 느끼는 어느 중년부부 같다고나 할까.

물론 일과의 이혼이 쉽지 않은 것임을 안다. 이혼이란 게 원래 그렇잖나.
어떻게 마음먹는다고 단번에 갈라서질까.
그래서 친구는 일종의 '조정기간'을 갖기로 했다.

휴가와 연차를 끌어 모아 3주의 시간을 만든 것이다.
3주 동안 일이 그리워진다거나,
그래도 바쁘게 사는 게 좋지, 라는 생각이 든다거나,
좀 쉬고 나니 몇 년은 더 다닐 수 있을 것 같아, 라는 생각이 든다면
지금의 생활은 연장될 것이다.
어쩌면 회사에서 이혼을 요구할 때
회전문을 붙잡고 매달릴 수도 있겠지.
그러나 3주 후에 일과 갈라설 결심이 짙어진다면,
미련 없이 헤어지리라!

나는 어느 쪽을 선택하든 친구를 응원하리라 결심했다.
내가 같은 선택의 기로에 놓였을 때, 그 친구도 나를 응원할 것이므로.

친구는 몇 주 후 산티아고로 떠났다.
산티아고에서의 조정기간이
그녀의 인생을 조정할 수 있는 시간이 되길 바란다.

남의 사랑이야기 1.

장례식장에서 만나, 사랑에 빠진 이들이 있다.
딱히 같이 갈 사람이 없어 혼자 장례식장에 간 여자.
쓸쓸히 육개장을 안주 삼아 맥주를 마시고 있는데,
옆 테이블에 역시나 혼자서 육개장을 먹는 남자가 있더란다.

"혼자 오셨어요?"
"네."
"고인하고는 어떻게 아세요?"
"선배 어머니세요."
"아, 저는 저분하고 같은 직장에 다녀요."

그렇게 해서 두 사람은 합석을 하게 되고,
함께 편육을 먹으며 자신들의 얘기를 늘어놓았다.
어라? 근데 이 남자 제법 말이 잘 통하는데?, 싶었던 거지.
그래서 그들은 장례식장을 나와 2차로 포장마차에 갔다.
그리고 거기서도 또 한참 얘기를 나누다가 서로의 연락처를 나눈 뒤
밤 12시가 넘어서 집으로 돌아갔다지.
다음 날, 여자는 남자의 전화에 잠을 깼다.

"같이 해장하실래요?"

그렇게 그날, 그들은 또 만났다. 그리고 다음 날도 또 그 다음 날도.
이 영화 같은 연애 스토리는 실제 내 후배 작가의 친구 얘기다.
그들의 연애는 1년간 계속되었고, 그들은 헤.어.졌.다.

"그러니까요, 언니. 만남이 드라마틱하다고 끝도 그런 건 아니에요."

하지만 그러면 또 어떤가.
난 장례식장에서도 사랑에 빠졌었잖니, 라고 추억을 곱씹을 수 있다면
그걸로 좋지 아니한가.

이 얘기를 들은 후, 장례식장에 세 번 갔었지만
저에게 드라마틱한 만남은 찾아오지 않았어요.
하지만 믿습니다. 어느 팝송 가사처럼 어디에나 사랑은 있을 거라고.
Love actually is all around.

남의 사랑이야기 2.

"언니, 적어도 연애하는 사이라면
토일 주말 이틀은 데이트해야 하는 거 아니에요?
이 남자는 꼭 토요일만 보자고 해요. 양다리 아닐까요?"

이렇게 묻는 후배에게 내 친구의 결혼이야기를 들려주었다.
내 친구는 일주일에 딱 한 번씩만 만났다. 그것도 주말이 아닌 수요일에.
우리 매주 수요일 저녁에 만납시다, 라고 약속을 한 것은 아니었지만
어찌어찌 하다 보니 으레 수요일 저녁이면
그에게서 이런 문자가 왔더란다.

"우리 어디서 볼까요? 저는 7시쯤 가능합니다."

매주 수요일에 쉬는 목욕탕 주인이 아닐까,

의심스러울 정도로 수요일을 고집했던 이 남자와 내 친구는

밥을 먹고 영화 보고를 반복하며 건전한 데이트를 즐겼다.

무려 8개월이나.

그리고 마침내 그들은 결혼했다.

장거리 커플인가요?, 라고 묻는다면 아니다.

평소 전화통화를 길게 하나 보군요, 라고 추측한다면 그것도 아니다.

그들은 일주일에 세 번의 전화통화를 하고, 다섯 번의 문자를 주고받고,

딱 한번만 만나면서 결혼에 골인한 것이다.

물론 친구는 결혼식 전날, 내게 물었다.

"이렇게 안 친한데 결혼해도 될까?"

"그럼, 해도 되지."

"그래, 아님 이혼하지 뭐."

친구는 그렇게 이혼할 각오로 결혼했다.
그리고 신혼여행 가서 조금 친해졌고,
결혼 1주년 되는 날, 잠시 서로 말을 놨다가
지금은 다시 존댓말을 쓰며 연애하는 기분으로 살고 있다.

그러니 만남의 횟수와 연락의 주기가
사랑의 깊이와 비례한다는 생각은 하지 말기로 하자.
불닭 같은 화끈한 사랑도 있지만,
삼계탕 같은 뭉근한 사랑도 있으므로.

당신의 사랑은 불닭인가요? 삼계탕인가요?

남의 사랑이야기 3.

소개팅을 했다는 후배에게 어땠냐고 물었다.
후배는 고개를 저으며 이번에도 아니라고 했다.
왜?, 라고 물으니 이런 말을 한다.

"목에 블루투스 헤드셋을 계속 걸고 있잖아요."
"그게 왜?"
"더워 보였어요."

나도 굵은 금목걸이는 싫다.
하지만 헤드셋은 벗으라고 하면 되는 거 아닌가?
그게 왜 싫음의 이유가 되는지 모르겠지만,
아무튼 후배는 그 뒤로 그 남자를 다시 보지 않았다.

후배를 보며, 나는 나의 지난날을 반성했다.

"셔츠의 목둘레가 늘어져 있었다니까."
"남자 구두인데 굽이 꽤 있더라고."
"같이 먹었는데 커피 쟁반을 안 치우고 그냥 일어나잖아!"
"영화 예매를 나한테 맡기는 게 말이 돼?"

이런 말도 안 되는 이유로 안 만났던 많은 남자들~.
그 대가로 내가 지금 혼자인가 보다.

후배에게 말해주었습니다.
"너 그러다가 내 꼴 난다~."

유리컵

휴대폰에 다운받은 노래를 집에서 듣고 싶을 때,
나는 커다란 유리컵에 휴대폰을 넣고 플레이를 누른다.
이것은 딱히 연결할 스피커는 없고 음악은 크게 듣고 싶을 때
모 디제이가 회식 자리에서 자주 쓰는 방법인데
유리컵이 스피커의 역할을 하는 것이다.
처음엔 별 차이 없는 듯싶지만
음악은 유리컵 안에서 돌고 돌아 어느새 소리가 두 배쯤 크게 들린다.
나는 음악에 젖어 설렘이 가득했던 내 지난날을 떠올렸다.

"그 남자가 자꾸 나한테만 질문을 해. 날 좋아하는 거 아닐까?"
"우연히 손끝이 닿았는데, 심장이 쿵 내려앉았어. 이거 사랑 아닐까?"
"예전 남자친구와 똑같은 스킨향이 나는 사람을 만났어.
우리 인연일까?"

아주 작은 행동 하나에도 설렘을 느꼈던 그 시절.
그 설렘은 유리컵에 담긴 음악처럼 점점 퍼져나가
실제보다 큰 사랑을 만들어냈다.

그런데 문제는 이젠 그 누구를 만나도, 그 어떤 행동을 봐도
설렘이 없다는 것.
설렘을 증폭시켜 사랑으로 울려준,
내 마음의 유리컵은 언제 깨져버린 것일까.

당신 마음속 유리컵은 안녕한가요?

기다림

한 남자가 누군가를 기다리고 있다.
하필 왜 또 그 작은 잔의 에스프레소를 시켰는지,
커피는 이미 다 마신 지 오래다.
내가 친구들과 1시간 넘게 수다를 떠는 동안,
그 남자는 오래도록 누군가를 기다렸다, 짜증 내는 표정 하나 없이.
행여 오지 않으면 어쩌나, 그런 불안감만 비칠 뿐이었다.
얼마나 지났을까,
마침내 〈TV는 사랑을 싣고〉의 한 장면처럼 그녀가 왔다.
그는 자리에서 벌떡 일어나 웃는 얼굴로 그녀를 맞았다.

그녀는 오자마자, 어머, 죄송해요, 차가 너무 막혀서요, 게다가 누군가 앞에서 사고를 냈지 뭐예요, 같은 식으로 지각의 이유를 늘어놨고 (정확히 들리지는 않았어요.) 그는 그냥 웃었다.

여자가 다시 일어선다. 오는 길에 땀을 너무 많이 흘렸다고 화장을 고치고 오겠노라며 가방을 들고 자리를 뜬다.

남자는 또 그녀를 기다린다. 행복해 보인다.

나를 기다리던 그의 표정은 어땠을까.

꾸물대는 성격 탓에 늘 약속시간에 늦던 나를

그는 행복한 표정으로 기다렸을까.

서로를 기다리던 그 시간이, 더 이상 '행복'이 아니었을 때

우린 각자 이별을 준비하지 않았을까.

당신의 기다림은 행복인가요?

운동 데자뷰

오늘은 정말 30분이라도 동네를 걸을 거야, 라고 생각한 지 10분 만에
폭염주의보 긴급재난문자를 받았다.
역시나 운동과 인연이 없는 것인가, 라고 생각할 즈음,
내 눈에 띈 것은 옷장 옆에 가방걸이로 쓰고 있던 핑크색 실내자전거.

"그래, 앞으로도 폭염은 계속될 테고,
밖에 나갈 수 없다면 안에서 운동을 해야겠어!"

그래서 땀을 뻘뻘 흘리며 실내자전거를 TV 앞에 배치했다.

그리고 나는 나를 아니까 욕심내지 말고

오늘은 20분만 타자, 라고 결심했다.

드라마 〈디어 마이 프렌즈〉가 무료로 전환됐기에 (KT입니다.)

12회를 틀어놓고 페달을 밟기 시작했다.

오랜만에 하니 이것도 꽤 힘이 드네, 라고 생각하며 열심히, 열심히.

그리고 이 정도면 20분 지났겠지, 하고 전자판을 봤는데….

2분 지났다.

'어? 고장 아냐?'

아니다. 그래서 또 열심히 돌리다 전자판을 봤는데… 20초 지났다.

결국 그날 나는 2분 20초 만에 자전거에서 내려왔다.

그리고 그후 실내자전거에는 수건이, 잠옷이, 가방이 걸려가고 있다.

이런 현상을 지켜보며, 나는 그 뭐랄까, 어떤 데자뷰 같은 것을 느꼈다.
지난 10년간 나는 이래 왔던 거다.
운동을 결심했고, 실내자전거를 꺼내왔고, 2분 탔고,
다음 날부터 옷을 걸었다.
마치 다음 연애에는 먼저 연락해야지를 결심했고,
연애를 시작했고, 한두 번 먼저 연락하다가 절대 먼저 연락하지 않았고,
답문도 제대로 안했고,
그러는 사이 상대는 지쳐갔고, 나는 또 혼자가 되는.
이런 변치 않는 나의 연애 패턴처럼 말이다.

사람은 쉽게 변하지 않는다.
그걸 아는데, 어떻게 상대에게 변하라고 강요할 수 있을까.
그래서 나는 아무것도 요구하지 않는다. 다만 헤어질 뿐—.
이런 태도가 연애를 못하는 이유라고 지인들은 나를 비난한다.
하지만 어쩌겠는가, 이게 나인걸.

이런 나를 있는 그대로 이해해주고,
그런 너를 있는 그대로 받아주는
그런 연애, 언젠가는 할 수 있지 않을까.

제 친구는 저에게 '유아적인 연애관'을 갖고 있다고 했지요.
타협과 토론이 없는 연애라고. 네, 어쩌면 그럴지도요.
그러나 그렇더라도 저는 압니다. 내가 쉽게 변하지 않을 거란 사실을—.

나와는 또 다른 널 보며 I.

나의 2016년 계획 중 하나는 혼자 여행을 떠나는 것이었다.
20대 때는 돈이 없었고, 30대 때는 시간이 없었고,
40대 때는 돈과 시간 모두가 허락됐지만,
결정적으로 함께 갈 친구가 마땅치 않았다.
그래서 결심했던 것이다, 혼자 여행을 떠나야겠어!

그러나 '여자 혼자 떠나는 여행'이라는 책도 사 보고,
블로그도 가 보고, 카페도 기웃거려봤지만, 용기가 나지 않았다.
아주 오래전 혼자 캄보디아 국경을 넘다가
본의 아니게 불법체류자가 된 경험 때문만은 아니었다.
(출입국사무소에서 저에게 도장을 안 찍어줬답니다. ㅜㅜ)
성격상 누가 불러내지 않으면 꼼짝도 하지 않기 때문에
혼자 여행을 가면 숙소에만 처박혀 있다 올 것이 뻔했기 때문이다.

그러던 어느 날, 아끼던 후배의 영국행 소식을 들었다.
꼭 한 번 영국에서 살아보고 싶다며,
작가생활을 접고 살던 오피스텔 보증금을 빼서
그녀는 영국으로 떠났다.
그리고 영국에서 올리는 인스타그램 사진들―.
나는 그 사진들을 보며 영국이 아닌 그녀를 동경했다.
그렇게 혼자 영국행 비행기를 탄 것을,
혼자 숙소를 알아보고, 혼자 아룬델 페스티벌에 가고,
혼자 영국 공원에 앉아 멜빵 할배 부부를 구경하는 그녀를―.

어째서 나는 그런 유전자를 타고나지 못한 것일까.
이것이 유전자의 탓이 아니라면 나는 무엇이 문제일까.
왜 나는 몇 년째 계획만 세우고 혼자 떠나질 못하는 것일까.

어쩌면 나는,
내가 생각했던 것보다 독립적인 여성이 아닌지도 모르겠다.
롯데리아에서 혼자 햄버거를 먹거나, 생수 두 팩을 혼자 들고 오거나,
혼자 산책을 하고 혼자 영화를 보는 것과는 또 다른 차원의 독립.

올해는 무슨 일이 있어도 한 발자국 더 진보된 독립을 해봐야겠다.
진정한 싱글여성이 되기 위해.

여자 혼자 여행하기 좋은 나라, 추천받습니다.

어디로 떠나볼까요? 혼자서.

나와는 또 다른 널 보며 2.

한때는 꽤 친했으나,

이제는 소식조차 건너건너 전해 듣게 된 친구가 있다.

KBS에서 서브작가 하던 시절에 만난 우리는 밤 방송이 끝난 후,

참 잘도 어울려 다녔다.

그녀가 예비군 훈련 들어가는 남자친구와 차 안에서 부둥켜안고

대성통곡했다는 얘길 들었을 때는

미친년이라고 깔깔거리며 욕도 했었고,

그녀가 실연당했을 때는 함께 한강에 가서 울기도 했다.

(그때 시간이 밤 12시가 넘었었으니 생각해보면 대단한 우정이었다.)

그렇게 함께 어울려 다니면서도,

나는 그녀가 나와 참 많이 다른 세상에 살고 있다고 생각했다.

원고료가 그야말로 쥐꼬리만 했던 그 시절,

그냥 되는 대로 살던 나와는 달리

그녀는 그 돈을 악착같이 모아 명품 가방을 샀다.

화장품도 나처럼 적당한 걸 여러 개 사는 것이 아니라,

하나를 사더라도 비싼 브랜드로만 샀다.

그래서 그런 것인지, 타고난 스타일이 멋있었던 것인지,

나는 그녀를 보면서 '역시 세련됐어'라는 생각을 자주했던 것 같다.

게다가 그녀의 연애는 한 번도 끊긴 적이 없었다.

피디에서, 재벌까지는 아니어도 기업가 2세 그리고 헬스트레이너까지.

남자는 오직 외모만 본다는 그녀의 기준에 걸맞게,

남자친구들 모두 허우대가 멀쩡했던 기억이 난다.

그리고 아버지가 큰 배를 타고 먼 바다를 항해하는

마도로스라고 했었지, 아마.

아무튼 자신은 그런 아버지의 유전자를 받고 태어나

한곳에 오래 머물지 못한다고 했다.

그래서 그런지 이사도 참 잘 다녔다.

그런 그녀에 대한 소식을 최근에, 아주 우연히 듣게 되었다.

"요즘 필리핀에 있대. 필리핀 방송국에 아이템 작가로 초빙돼 있다나
봐. 지난번에는 유기견 관련 뭐를 한다고 지방에 있다더니, 아무튼 참 동
에 번쩍, 서에 번쩍이야."

그런데 나는 그녀가 필리핀에 있다는 말이
왜 그리도 반가웠는지 모르겠다.
뭐랄까. 기대에 어긋나지 않은 그녀의 모습이 참 좋았달까.
민들레 홀씨처럼 홀연히 사라졌다가 뜻밖의 곳에서 뿌리를 내리고,
또 다시 어디론가 훌쩍 떠다니는 그녀.
벌써부터 그녀의 다음 소식이 기다려진다.

아마도 그 소식은 또 어느 날, 아주 우연히 내 귀에 들어오겠지.

마치 바람이 전하는 말처럼 신비롭게.

그런데 그 소식이 왠지 '결혼'은 아니었으면 좋겠다. (악담은 아닙니다.)

그녀가 지금 그대로의 모습으로 자유롭게 남아줬으면 하는 것은

나의 욕심일까.

선물 많이 하는 남자

그녀의 남자친구는 뭐든 푸짐하게 사는 습관이 있다.
어릴 때 워낙에 없이 자라서,
어린 시절을 만회하듯 자신도 모르게 사게 된다는데….
예를 들면 감자전 해먹게 오는 길에 감자 몇 개 좀 사와, 라고 부탁하면
혼자 사는 그녀 집에 감자를 한 박스 사오는 식이다.

그러던 어느 날, 남자친구가 그녀에게 우산을 선물했다.
그것도 하나가 아니라 네 개씩이나.
장우산, 자동우산, 삼단우산, 양산 겸용 우산.
하나만 사오지, 왜 이렇게 많이 샀어?, 라고 물으니
"혹시 가지고 나갔다가 잃어버릴지도 모르니까."라며 웃는 그.

그런 남자친구가 있어서 참 행복하겠군, 이라고 생각하면 오산이다.
예고도 없이 비가 쏟아진 어느 날,
막 머리를 하고 나온 미용실 앞에서 친구는 당황했다.
우산을 사야겠군, 이라는 생각도 잠시.
친구는 우산을 사려다가 멈추었다.
집에 우산이 네 개나 있는데, 또 사도 되나?, 싶은 생각이 들어서였다.
그래, 그럴 수는 없는 노릇이다. 빌어먹을.

그녀는 가방을 머리에 이고 빗속을 뛰었다, 이런 말을 중얼거리며.

"왜 우산을 네 개씩이나 선물해 가지고. 에이씨."

우이 씨...

집에 처박아둔 우산들이
눈에 밟힌다.

반면 후배의 남자친구는 뭐든 부족하게 사와서 탈이다.

특히 식당에서 주문할 때 더욱 그렇단다.

남기면 아깝단 이유로 늘 부족하게 주문하곤 하는데

그것이 못마땅한 후배는 늘 나에게 말한다.

"언니, 손 큰 남자 만나."

어느 장단에 춤을 춰야 할까요?

요즘 것들의 순수

교복을 입은 여학생이 남학생의 손을 뿌리친다.
남학생의 손에는 꽃 한 송이가 들려 있다.
뿌리치는 여학생의 손에도 불구하고 남학생은 생글거리며 웃는다.

"웃어? 지금 웃음이 나와?"

누가 봐도 대번에 알 수 있는 사랑싸움.
요즘은 고등학생들도 모두 연애를 하고 있다더니,
그 말이 사실인가 보다.
그래, 좋을 때다, 라고 생각하며 집을 향해 걷고 있는데
좋을 때치고는 너무 거친 말들이 들려왔다.

"꺼져! 꺼지라구!"
"아, 씨발, 언제까지 미안하다고 해야 돼."
"미안하다면 다야, 새꺄?"
"존나 짜증나네!"

어머, 얘들 보게?
딱 내 조카만 한 또래 아이들의 이 거친 사랑싸움.
아니, 사랑싸움이라기보다 욕 배틀에 가까운 그들의 대화.

"씨발, 내가 뭘 그렇게 잘못했는데?"
"니가 독서실에서 나 망신 줬잖아!"
"존나 웃긴다, 그게 무슨 망신이야?!"
"니가 컵볶이 던진 거 기억 안 나냐, 이 새끼야?"

이 격렬한 싸움을 들으며,
처음엔 놀랐고, 다음엔 인상을 찌푸렸으며, 그다음엔 나를 돌아봤다.
연애 시절 한 번도 격렬하게 싸우지 않았던 나.
화가 나도 내색하지 않다가 결국엔 잠수 타는 것으로 이별을 택했던 나.
내가 이들처럼 격렬하게 싸웠다면 우리 관계는 더 발전할 수 있었을까.

내가 잠시 이런 생각을 하는 동안,

어느새 남학생은 여학생의 어깨에 장난스레 팔을 두르고 멀어져갔다.

그새 화해한 건가? 하여튼 요즘 애들은 빠르다니까.

그래, 나도 어릴 때는 그랬었다.

감정의 전환이 빨랐고, 내 감정에 솔직했고, 유치했으며 순수했다.

그런데 커버린 지금의 나는 어떤가.

화가 나도 화나지 않은 척, 질투가 나도 질투 나지 않은 척,

만나기 싫어도 보고 싶은 척, 힘들어도 의연한 척, 우울해도 행복한
척—.

'성숙'이라는 핑계로 '순수'를 잃고 살았던 나.

어쩌면 나는, 욕을 입에 달고 싸우는 그 학생들보다

더 때 묻은 모습으로 사람들을 대해왔는지도 모르겠다.

내 감정을 존중했던 순수. 그 순수함을 다시 찾고 싶다.

나이 마흔넷인데, 찾, 찾을 수 있겠죠?

오늘도 노력하고 있습니다, 내 감정에 충실하기 위해.
당신은 당신의 감정을 얼마나 존중하고 있나요?

방충망

창문에서 방충망이 떨어져 나간 후,

조금 심하게 과장을 보태면 '불안증세'가 생겼다.

방충망이 없는 창문을 보고 있으면 두려움이 몰려드는 것이다.

그러나 그 두려움은, 모기나 해충에 관한 것이 아니었다.

바로 도둑이었다.

그동안 나는 창문을 열어놓고 잠이 들면서,

'만약 저 창문으로 도둑이 들어온다면 도둑이 저 방충망을 찢는 사이

나는 현관문으로 도망을 치면 돼'라고 생각했던 것이다.

그런데 방충망이 없으니 내가 도망칠 시간을 벌 수가 없게 되었다.

그동안 방충망을 방범창으로 착각했던 거냐고

비웃는다 해도 어쩔 수 없다.

정말로 방충망은 나에게 집을 지켜주는 세콤 같은 거였으니까.

그런데 생각해보니,

나는 사람을 대할 때도 이런 방충망을 치고 있었던 듯싶다.

마음을 활짝 열어 누구에게나 오픈 마인드인 사람처럼 행동해왔지만,

사실 내 마음에 얇은 망을 치고 살았던 게 아닐까.

그래서 상대가 내 마음에 들어오려고 할 때,

사실... 내 마음에는
방충망이 쳐져 있던 게 아닐까?

그가 망을 찢는 사이 도망쳐야지! 그렇게 생각했던 것 같다.

소개팅을 해도 처음 만난 날 가장 친했고,

만남이 거듭될수록 말수가 줄어들고, 덜 웃고, 끝내는 침묵했던 게

바로 이런 이유가 아니었을까.

저는 마음에 울타리를 치는 성격이라 친해지는 데 시간이 좀 걸려요,

라고 솔직하게 말했다면 차라리 좋았을걸.

잘 보이지 않는 망을 친 채

마음을 열고 있는 척 행동했던 내 자신이 부끄럽다.

이제는 솔직해지자.

나는 그다지 마음을 개방해놓는 스타일이 아니라고.

그러니 당신이 누구시든 좀 천천히 다가와 달라고, 정중히 부탁해야지.

안 쓰는 모기장 텐트를 잘 재단하여 집게로 창틀에 고정시켰습니다.

이제 난 혼자 방충망도 잘 치는 여자.

저는 괜찮습니다만,

초판 1쇄 발행 2017년 3월 17일   초판 2쇄 발행 2017년 5월 5일

지은이 이윤용
펴낸이 연준혁

출판2본부 이사 이진영
출판3분사 분사장 오유미
책임편집 배윤영
디자인 강경신
기획분사 박경아

펴낸곳 (주)위즈덤하우스   출판등록 2000년 5월 23일 제13-1071호
주소 경기도 고양시 일산동구 정발산로 43-20 센트럴프라자 6층
전화 031)936-4000   팩스 031)903-3893   홈페이지 www.wisdomhouse.co.kr

ⓒ 이윤용, 2017
값 14,800원
ISBN 978-89-5913-493-9 03810

이 도서의 국립중앙도서관 출판예정도서목록(CIP)은 서지정보유통지원시스템 홈페이지
(http://seoji.nl.go.kr)와 국가자료공동목록시스템(http://www.nl.go.kr/kolisnet)에
서 이용하실 수 있습니다.(CIP제어번호 : CIP2017005094)